Hans Graf von Berlepsch

Zur Ornithologie der Provinz Santa Catharina, Süd-Brasilien

Antigonos

Hans Graf von Berlepsch

Zur Ornithologie der Provinz Santa Catharina, Süd-Brasilien

Unveränderter Nachdruck der Originalausgabe von 1873.

1. Auflage 2024 | ISBN: 978-3-38699-375-3

Antigonos Verlag ist ein Imprint der Outlook Verlagsgesellschaft mbH.

Verlag: Outlook Verlag GmbH, Zeilweg 44, 60439 Frankfurt, Deutschland
Vertretungsberechtigt: E. Roepke, Zeilweg 44, 60439 Frankfurt, Deutschland
Druck: Libri Plureos GmbH, Friedensallee 273, 22763 Hamburg, Deutschland

Zur Ornithologie
der Provinz Santa Catharina, Süd-Brasilien.
Von
Hans Graf v. Berlepsch.

Herr W. Schlüter in Halle erhielt seit einiger Zeit durch seinen Bruder, welcher in der Colonie Blumenau, Provinz Sta. Catharina ansässig und ein eifriger Sammler ist, ziemlich umfangreiche Sendungen von Naturalien, die in den nächsten Umgebungen des genannten Ortes gesammelt wurden.

Durch die Zuvorkommenheit des Herrn W. Schlüter bekam ich die Ausbeute an Vogelbälgen, soweit sie bis jetzt vorliegt, auf längere Zeit zur Ansicht und war so in den Stand gesetzt, mich mit der Blumenauer Ornis etwas näher vertraut zu machen.

Obgleich sich keine als neu zu beschreibende Species unter den eingesandten Exemplaren befindet, so ist doch mancher interessante Vogel darunter. Besonders wichtig aber wird die Sammlung in Bezug auf geographische Verbreitung, indem manche brasilianische Vogelart in der Provinz Sta. Catharina ihre südlichste Verbreitungsgrenze erreichen dürfte und viele der von Schlüter bei Blumenau erhaltenen Species bisher noch nicht von einer so südlichen Localität erwähnt waren.

Da nun bisher der ornithologischen Fauna des südlichen Brasilien noch nie eine speciellere Arbeit gewidmet wurde, so dürfte wohl eine systematische Aufzählung aller bis jetzt von Herrn Schlüter in den Umgebungen von Blumenau gesammelten Vogelarten, wie ich sie in den folgenden Blättern zu geben beabsichtige, dem ornithologischen Publikum nicht unwillkommen sein. Ich habe es mir bei dieser Aufzählung zugleich zur Aufgabe gemacht, die ganze geographische Verbreitung einer jeden erwähnten Vogelart (auch ausserhalb der nächsten Nachbarländer, soweit dieselbe überhaupt bis jetzt bekannt geworden,) genau festzustellen, weil ich glaube, dass nur auf diese Weise ein klares Bild der Ornis eines Territoriums gewonnen werden kann, und so möchte denn mein Aufsatz auch als ein Beitrag zur Kenntniss der geographischen Verbreitung amerikanischer Vögel betrachtet werden können.

Bevor ich nun zur speciellen Besprechung der Schlüter'schen Ausbeute schreite, muss ich Einiges über unsere bisherige Kenntniss der Ornis von Sta. Catharina mittheilen.

Die erste Kunde von Vögeln aus Sta. Catharina erhielten wir

durch Lesson *), welcher die Provinz während der Entdeckungsreise
der Coquille (dieselbe fand in den Jahren 1822—25 unter der Lei-
tung Duperrey's statt) besuchte. Der französische Reisende schil-
dert mit sehr lebhaften Farben die üppige Vegetation an der Küste
von Sta. Catharina. Der herrlichste Urwald, so erzählt er uns,
bedeckt diese Gegenden und in demselben macht sich ein buntes
Gemisch lebhaft gefärbter Vögel bemerklich. Leider nennt Lesson
nur wenige derselben mit Namen; in der systematischen Aufzählung der auf der Voyage de la Coquille erhaltenen Vögel erwähnt
er folgende aus Sta. Catharina:

1) *Cathartes aura* . . . . . . auch von Schlüter gesammelt.
2) *Trogon curucui = T. surucua?* „　„　„　„
3) 　„　*viridis* . . . . . „　„　„　„
4) 　„　*atricollis.*
5) *Crotophaga major.*
6) *Curruca olivacea* Less. (Insel Sta. Catharina.) — Quid?

Ferner scheint Prof. Burmeister eine Vogelsendung aus Sta.
Catharina erhalten zu haben. Derselbe führt in seinem bekannten
Werke „Systematische Uebersicht der Thiere Brasiliens" etwa 38
Arten als in dieser Provinz vorkommend auf, von denen 10 auch
durch Herrn Schlüter bei Blumenau gesammelt wurden.

Der preussische Reisende Sello hat ebenfalls in Sta. Catharina gesammelt, doch wurde über seine Ausbeute, die sich im Berliner Museum befindet, bisher nichts veröffentlicht. Vielleicht ist
es mir später vergönnt, über die Berliner Vogelschätze, die aus
dieser Quelle stammen, zur Ergänzung der Schlüter'schen Sammlung Einiges zu berichten.

Herr Schlüter, um dies gleich hier zu erwähnen, sammelte bis
jetzt bei Blumenau etwa 135 Species, von denen ich jedoch erst
118 untersucht habe, die übrigen 17 Arten waren leider schon in
andere Hände übergegangen. **)

Dies ist Alles, was mir über die Ornis Sta. Catharina's bekannt geworden ist. Die Zahl der von Lesson, Burmeister und

*) Duperrey, Voyage autour du monde. exécuté par ordre du roi, sur
la corvette de S. M. la Coquille: Zoologie, rédigée par MM. Garnot et
Lesson. Paris 1829. 4to.

**) Ich werde ihre Namen, wie sie mir von Herrn W. Schlüter gütigst
übermittelt sind, am Schlusse dieses Aufsatzes anführen. Die Bestimmung
möchte wohl meistens richtig sein, wenigstens habe ich Gelegenheit ge-
habt, mich davon zu überzeugen, dass Herr Schlüter hierin sehr gewissen-
haft zu verfahren pflegt. —　　　　　　　　　　　　　　H. v. B.

Schlüter erhaltenen Arten beziffert sich auf kaum 170; es bleibt also hier noch viel zu forschen übrig.

Besser als Sta. Catharina wurde die nördliche Nachbarprovinz Sao Paulo bekannt. Hier sammelten Natterer, Sello, Lund, Hamilton und Andere. Wie ich dem vortrefflichen Werk v. Pelzelns („Zur Ornithologie Brasiliens") entnehme, erhielt Natterer in Sao Paulo etwa 450 Vogelarten. Darunter befinden sich auch fast alle von Schlüter bei Blumenau eingesammelten Species; nur etwa 19 Schlüter'sche Arten wurden von Natterer in Sao Paulo nicht erhalten, doch sind diese entweder durch andere Reisende aus derselben Provinz nachgewiesen oder ihr Vorkommen nördlich bei Rio Janeiro u. s. w. steht fest, wodurch es dann sehr wahrscheinlich wird, dass sie sich auch über Sao Paulo verbreiten möchten. Wir ersehen daraus, dass Sao Paulo und Sta. Catharina ausserordentlich viele Arten gemeinsam haben. Nach dem, was uns über die noch nördlicheren Provinzen Rio, Espirito Santo u. s. w., sowie über die südlichere Provinz Rio Grande do Sul bekannt geworden ist, glaube ich sogar sicher annehmen zu dürfen, dass eine grosse Uebereinstimmung in der Vogelfauna des ganzen bewaldeten Küstenstriches vielleicht vom 20° südl. Br. (Bahia) bis etwa zum 29° südl. Br. (Porto Alegre, wo das Waldgebiet aufhört) vorherrschen möchte. Eingehendere Betrachtungen über das Verhältniss der Blumenauer Ornis zu der anderer Länder behalte ich mir für später vor, bis die Kenntniss der Vögel Sta. Catharina's sich mehr vervollständigt haben wird.

Was nun speciell die Sammlungen des Herrn Schlüter angeht, so bemerke ich noch Folgendes.. Wie mir Herr Schlüter (der sich im vorigen Jahre anlässlich eines Transportes lebender Thiere kurze Zeit in Deutschland aufhielt) persönlich mittheilt, sind seine Collectionen alle in den nächsten Umgebungen von Blumenau, am Flusse Itajahy und dessen Nebenflüssen veranstaltet. Die Gegend bei Blumenau ist nach seiner Aussage gebirgig und mit dichtem Urwalde bedeckt. — Herr Schlüter verfolgte leider bisher beim Sammeln keine wissenschaftlichen Gesichtspunkte und so fehlen denn auch bei seinen Vogelbälgen Angaben in Bezug auf Datum, Geschlecht u. s. w. gänzlich*); doch versichert er mir, dass er künftig in jeder Beziehung wissenschaftlicher verfahren werde.

---

*) Wenn ich daher im Folgenden von ♂ u. ♀ spreche, so ist dies nur meine eigene Ansicht, die ich nach dem Kleide des betreffenden Exemplars u. s. w. mir gebildet habe. — H. v. B.

Da unser Gewährsmann nach seiner nunmehr erfolgten Rückkehr nach Blumenau seine Thätigkeit wieder von Neuem aufgenommen hat, so haben wir Grund, in nächster Zeit recht werthvolle Sendungen von dort zu erwarten, deren Inhalt ich, soweit er meinen jetzigen Aufsatz berichtigen und ergänzen dürfte, sofort im Journale zur Besprechung bringen werde.

Ueber die aufgeführten Exemplare bemerke ich noch, dass dieselben, soweit sie nicht in meinen Besitz übergegangen sind, sich bei Herrn W. Schlüter in Halle auf Lager befinden und von da zu sehr mässigen Preisen zu erlangen sind.

In der nun folgenden systematischen Aufzählung der Arten habe ich vor allen Dingen als sehr wichtig für die Blumenauer Ornis Azara's „Apuntamientos" citirt, sodann folgende bekannte Werke: Prinz Wied, „Beiträge zur Ornithologie Brasiliens", Prof. Burmeister, „Systematische Uebersicht der Thiere Brasiliens", v. Pelzeln, „Zur Ornithologie Brasiliens", Prof. Reinhardt, „Bidrag til Kundskab om Fuglefaunaen i Brasiliens Campos (in Vidensk. Meddelelser Kjöbenhavn 1870)", Euler's wichtige Notizen über die Fortpflanzung der Vögel Südost-Brasiliens in diesem Journal und noch einige andere. Im Uebrigen habe ich mich, um die Arbeit nicht gar zu weit auszudehnen, auf die Anführung solcher Stellen beschränkt, wo eine monographische Behandlung der betreffenden Species u. s. w. zu finden ist; nur bei wenigen Arten schien mir eine Zusammenstellung der gesammten Synonymie unerlässlich.

Schliesslich erfülle ich noch die angenehme Pflicht, der vielseitigen Hülfe zu gedenken, die mir bei dieser Arbeit von verschiedenen Herren zu Theil geworden ist. Herr Dr. Cabanis hat mit gewohnter Liebenswürdigkeit viele der Blumenauer Vögel im Berliner Museum verglichen und hat mir überhaupt stets mit Rath und That hülfreich zur Seite gestanden. Herr v. Pelzeln und Herr Dr. Finsch hatten ebenfalls die grosse Gefälligkeit, einige Exemplare mit ihren Typen zu vergleichen und mir Notizen darüber mitzutheilen. Herr Prof. Leuckart sowie Inspector Tobias in Leipzig haben meine vergleichenden Studien im dortigen Museum auf jede Weise erleichtert. Ihnen Allen spreche ich meinen besten Dank aus!

1. *Turdus rufiventris* Vieill. — Azara nr. 79.

Wied Beitr. III. p. 639. — Burm. S. U. III. p. 122. — Burm. La Plata-Reise sp. 119. — Euler J. f. O. 1867 pp. 186, 189, 190,

192, 198, 403. — Sclat. et Salv. P. Z. S. 1868 p. 138. — Pelzeln
Orn. Bras. pp. 94, 421. — Reinh. Bidr. in V. M. 1870 p. 453 sp. 393.
— Sclat. P. Z. S. 1859 p. 332. — *Turdus rufiventer*, Spix Av.
Bras. I. p. 70. — Gould et Darw. Voy. Beagle Zool. III. p. 59
syn. part.

4 Stück, darunter ein Albino, welcher am Körper weiss ge-
scheckt ist und einen ganz weissen Kopf hat.

Long. tot. 24—25 Cm.; al. 115—127 Mm.; caud. 102—108 Mm.;
rostr. 23—24 Mm.; tars. 35—36 Mm.

[Die geographische Verbreitung erstreckt sich über ganz
Südost-Brasilien (Rio und Sao Paulo — Natterer) und
Central-Brasilien (Goyaz und Cuyaba — Natterer) westlich bis nach Bolivia (D'Orb.) und Peru (Mus. Vindob.), südlich
durch die Provinz Sta. Catharina: Blumenau (Schlüter) bis
nach den La Plata-Staaten, wo sie nach Burmeister noch
brütet. Der südlichste Punkt, wo sie angetroffen wurde, ist: am
Rio Negro unter dem 41° südl. Br. (Darwin).]

2. *Turdus albicollis* Vieill.

Burm. S. U. III. p. 125. — Sclat. P. Z. S. 1859 p. 329. —
(?) Euler J. f. O. 1867 pp. 189, 192, 198. — Sclat. et Salv. Exot.
Ornith. (1868) p. 141 Pl. LXXI. — Pelz. Orn. Bras. p. 93 et p.
421 part. — Reinh. Bidr. in V. M. 1870 p. 452 sp. 392.

3 Stück, mit der von Scl. u. Salv. gegebenen Beschreibung
und Abbildung übereinstimmend. Wenn übrigens Sclat. u. Salv.
l. c. sagen, dass sich *T. albicollis* von der verwandten *T. albiventris*
stets durch den Mangel der rostfarbenen Säume an den Innenfahnen der Schwingen unterscheiden lasse, so muss ich in Betreff der
Blumenauer Exemplare von *T. albicollis* Folgendes bemerken: Ein
Exemplar hat an den Innenfahnen sehr deutlich rostgelbe
Ränder (die Färbung derselben ist jedoch heller als die der unteren Flügeldeckfedern); ein zweites zeigt schon viel hellere rostgelbe Ränder und bei dem dritten sind die Säume der Innenfahnen
weisslich ohne rostfarbenen Anflug.

Long. tot. 22¼—23 Cm.; al. 112—119 Mm.; caud. 90—100 Mm.;
rostr. 22 Mm.; tars. 30—31 Mm.

[Minas Geraes: Lagoa Santa (Burm.). — Rio Janeiro und Registo do Sai (Natt.). — Provinz Sao Paulo
(Natt.). — Blumenau (Schlüter). — Montevideo (Mus. Berol.). — (?) Paraguay und La Plata (Sclater)!]

3. *Turdus flavipes* Vieill.

Spix Av. Bras. I. p. 69. — Sclat. P. Z. S. 1859 p. 334. — Pelz. Orn. Bras. p. 64 et 421. — Reinh. Bidr. in V. M. 1870 p. 449 sp. 388. — *Turdus carbonarius*, Ill. Licht. — Wied Beitr. III. p. 643. — Burm. S. U. III. p. 125.

1 Stück (♂ ad.)

Long. tot. 21½ Cm.; al. 114 Mm.; caud. 92 Mm.; rostr. 18½ Mm.; tars. 23½ Mm.

[Die geogr. Verbreitung scheint sich auf die Küstenstriche des mittleren und südlichen Brasiliens zu beschränken: Bahia (Licht.). — Cabo Frio (Wied); Rio Janeiro (Spix u. Wied); Neu-Freiburg (Burm. u. Lund); Minas Geraes (Lund). — Prov. Sao Paulo: Mugydas Cruzes (Lund); Curytiba u. Ytararé (Natt.). — Blumenau (Schlüter).]

4. *Thryothorus platensis* (Wied).

Troglodytes platensis, Wied (nec aut.) Beitr. III. (1831) p. 742 descr. orig. excl. syn. — (?) Reinh. Bidr. in V. M. 1870 p. 446 sp. 384 (Minas u. Neu-Freiburg). — *Thryothorus platensis*, Cab. Mus. Hein. I. (1850) p. 78 sp. 445 (Brasilien) syn. part. — Sclat. Cat. Coll. Am. B. (1861) p. 21 sp. 132 (S. America). — (?) Pelzeln Orn. Bras. I. (1868) p. 48 et IV. (1870) p. 414. — *Troglodytes furvus*, Burm. (nec aut.) Syst. Ueb. III. (1856) p. 137 descr. syn. part.

2 Stück, mit der Beschreibung des Prinzen Wied übereinstimmend.

Long. tot. 120 Mm.; al. 49—50½ Mm.; caud. 40 Mm.; rostr. 14 Mm.; tars. 18 Mm.

Herr Dr. Cabanis, dem ich ein Exemplar zur Ansicht sandte, erklärt dasselbe für *Troglodytes platensis*, Wied Beitr. p. 742. Nun bin ich mir aber noch nicht recht klar darüber, wie sich *Troglodytes furvus* (Gmel.) (*T. platensis* Burm. nec Linn.) von dieser Art. unterscheidet, und ob die Vögel, welche neuerdings von Sclat. und Salv. a. a. O.*) als „*T. furvus*" aufgeführt werden, nicht zu *platensis* Wied gehören möchten. Zu letzterer Art zieht Cabanis (Mus. Hein. I. p. 78) als Synonym *Troglodytes musculus* Licht., doch schreibt mir derselbe gütigst auf meine Anfrage: dass er schon seit längerer Zeit darüber anderer Meinung geworden sei und

---

*) P. Z. S. 1859 p. 137; 1860 p. 273 (Ecuador); 1866 p. 96 (Lima), p. 178 (Ucayali); 1867 p. 321 et 568 (Para); 1869 p. 158 (Conchitas, Argentin.).

Trogl. aequinoctialis Swains. als Synonym zu *musculus* Licht. notirt
habe; *T. musculus* sei etwas grösser als *platensis* Wied, das Braun
bei ersterem ziehe in's Gelbbraune, bei letzterem in's Graubraune.
Da nun Sclater und andere Schriftsteller den *T. aequinoctialis*
Swains. als Synonym zu *furvus* (Gmel.) setzen, so möchte wohl *T.
musculus* Licht. mit *furvus* der meisten Autoren (und Gmelins?)
identisch sein.

Sclat. u. Salv. haben a. a. O. erwiesen, dass die echte *Sylvia
platensis* Lath. ein *Cistothorus* (= *fasciolatus* Burm. etc.) ist, also
durchaus nichts mit den oben besprochenen Arten gemein hat.
Wenn nun *T. platensis* Wied wirklich von *T. furvus* Gmel. verschieden ist, so wird es, um weitere Verwechselungen zu vermeiden, ge-
rathen sein, der vom Prinzen Wied beschriebenen Art einen neuen
Namen zu geben, und möchte ich dann als solchen „*Thryothorus
Wiedi*“ zu Ehren des ersten Beschreibers in Vorschlag bringen.

[Südost-Brasilien: Rio Janeiro, Caravellas und Villa
de Belmonte (Wied). — Blumenau (Schlüter) — etc.?]

5. *Parula pitiayumi* (Vieill.). — Azara nr. 109.

Baird Rev. Am. B. I. pp. 169, 170. — Pelzeln Orn. Bras. pp.
71, 415. — Sclat. et Salv. P. Z. S. 1869 p. 631. — Reinh. Bidr.
in V. M. 1870 p. 445 sp. 381. — Hamilton Ibis 1871 p. 302. —
Sylvia venusta Temm. — Wied Beitr. III. p. 705. — *Sylvicola venusta*, Burm. S. U. III. p. 116. — Burm. La Plata-Reise p. 473
sp. 117.

2 Stück, wohl ♂ und ♀ oder juv. Bei letzterem ist die Brust
nicht dunkler gefärbt als die übrige Unterscite, bei dem ♂ ist
Gurgel und Brust rostgelb überflogen.

	Long. tot.	al.	caud.	rostr.	tars.
♂ . .	107 Mm.	55 Mm.	42½ Mm.	11 Mm.	15½ Mm.
♀ an juv.	106 „	51 „	35 „	10 „	15½ „

[Venezuela: Caripé und S. Esteban (Göring). — Tri-
nidad (Mus. Smiths.). — Magdalena (Wyatt). — Bogota
(Mus. Scl.). — West-Ecuador (Fraser). — Bolivia (D'Orb.).
— Paraguay (Azara). — La Plata-Staaten: Conchitas,
Septbr. (Hudson), Parana, März (Page), Tucuman (Burm.). —
Ganz Brasilien: Forte do Rio Branco (Natt.); Prov. Rio
und Sao Paulo (Natt.); Minas Geraes (Lund); Blumenau
(Schlüter).]

6. *Basileuterus vermivorus* (Vieill.). — Azara nr. 154.

Burm. S. U. III. p. 113. — Sclat. P. Z. S. 1865 p. 283, —

Baird Rev. Am. B. I. pp. 242, 243. — Pelzeln Orn. Bras. pp. 71, 415. — Euler J. f. O. 1868 p. 190. — Reinh. Bidr. in V. M. 1870 p. 445 sp. 379. — Hamilton Ibis 1871 p. 302.

1 Stück.

Long. tot. 117 Mm.; al. 55½ Mm.; caud. 53 Mm.; rostr. 9½ Mm.; tars. 18½ Mm.

[Bogota (Mus. Sclat. et Brit.). — Trinidad (Mus. Sclat. u. Finsch). — Guiana (Schomb.). — Bolivia (D'Orb.). — Corrientes (D'Orb.). — Paraguay (Azara). — Brasilien: S. Vicente (Burm.); Minas (Reinh.). — Rio Janeiro (Natt.), Neu-Freiburg, gemein (Burm.), Cantagallo (Euler); Prov. Sao Paulo (Natt.); Blumenau (Schlüter).]

7. *Basileuterus stragulatus* (Licht.).

Sclat. P. Z. S. 1865 p. 285. — Baird Rev. Am. B. I. pp. 243, 244. — Pelzeln Orn. Bras. pp. 72, 415. — Reinh. Bidr. in V. M. 1870 p. 444 sp. 377. — *Muscicapa rivularis*, Wied Beitr. III. p. 789. — *Geothlypis stragulata* Cab. — Euler J. f. O. 1868 p. 191. — *Trichas stragulata*, Burm. S. U. III. p. 115.

1 Stück. Dasselbe stimmt mit den Beschreibungen Wied's *(M. rivularis)* und Burmeister's gut überein; jedoch sind die Wurzeln aller Scheitelfedern schneeweiss gefärbt, welcher Eigenthümlichkeit in keiner Beschreibung von *B. stragulatus* Erwähnung gethan wird. Herr Dr. Cabanis, der die Güte hatte, meinen Vogel mit den im Berliner Museum befindlichen Original-Exemplaren zu vergleichen, schreibt mir, dass die Scheitelfedern aller dort befindlichen Exemplare weisse Wurzeln zeigen und dass mein Vogel auch im Uebrigen mit den Typen übereinstimmt.

Long. tot. 133 Mm.; al. 63 Mm.; caud. 59 Mm.; rostr. 11 Mm.; tars. 23 Mm.

[Bahia (Mus. Hein.). — Belmonte u. Ilhéos (Wied). — Neu-Freiburg, gemein (Lund), Cantagallo (Euler), Registo do Sai (Natt.). — Rio Paraná (Natt.). — Sao Paulo (Licht.): Taipa, Ypanema, Paranagua, Ytararé (Natt.). — Blumenau (Schlüter).]

8. *Vireosylvia chivi* (Vieill.). — Azara nr. 152.

Baird Rev. Am. B. I. p. 337. — Scl. et Salv. P. Z. S. 1869 p. 160. — *Thamnophilus agilis*, Spix Av. Bras. II. p. 23. — *Muscicapa agilis*, Wied Beitr. III. p. 795. — *Phyllomanes agilis* (Licht.), Burm. S. U. III. p. 108. — *Vireosylvia agilis*, Baird Rev. Am. B. I. p. 338. — Pelzeln Orn. Bras. pp. 73, 415. — Reinh. Bidr. in V. M. 1870

p. 439 sp. 368. — Hamilton Ibis 1871 p. 302. — *Vireosylvia olivacea* part. Finsch P. Z. S. 1870 p. 565.

2 Stück.

	Long. tot.	al.	caud.	rostr.	tars.
	Mm.	Mm.	Mm.	Mm.	Mm.
1) *chivi* Blumenau . .	140	76	56	14$^1/_2$	18
2) *chivi* Blumenau . .	145	76	55$^1/_2$	14$^1/_2$	18
[3) *olivacea* Costa Rica .	132	77$^1/_2$	50	13	19]
[4) *olivacea* Costa Rica .	136	78	50	13	17]

Ich kann nicht mit Herrn Dr. Finsch übereinstimmen, wenn derselbe (P. Z. S. 1870 p. 565) die nördliche *olivacea* mit der südlichen *agilis* vereinigen zu müssen glaubt. Meine Exemplare von Blumenau gehören entschieden einer andern Species an als 2 Vögel aus Costa Rica, welche unbedingt zur nordamerikanischen *olivacea* zu rechnen sind. Ich habe auch eine ziemliche Anzahl von nordamerikanischen Exemplaren im Leipziger Museum verglichen und mir folgende Unterschiede zwischen *olivacea* und *chivi* (= *agilis*) notirt:

V. chivi (= *agilis*) steht in Bezug auf Körperverhältnisse und lebhafte Färbung der *V. flavoviridis* näher als der *olivacea*. Der Schnabel ist schmäler, gestreckter und viel länger als bei *olivacea*; der Haken des Oberschnabels, welcher nur sehr allmählich nach unten gebogen ist, reicht weit über den Unterschnabel hinaus, während er bei *olivacea* in fast rechtem Winkel sich über den Unterschnabel herabbiegt. Die Färbung der Oberseite ist bei *chivi* lebhafter als bei *olivacea*; die Kopfplatte ist bei ersterer etwas dunkler und der Rücken gelblich olivengrün, während derselbe bei letzterer einen mehr graulich-olivengrünen Ton zeigt. Die Streifen über und unter dem Auge sind bei *olivacea* immer ziemlich rein weiss gefärbt, während sie bei *chivi* stets (?) rostgelblich überflogen sind. Die Unterseite ist bei *olivacea* immer fast ganz weisslich, nur an den Brust- und Bauchseiten befindet sich ein olivengrüner Anflug; Steiss und untere Schwanzdeckfedern sind ebenfalls weisslich, nur selten (wahrscheinlich bei jüngeren Vögeln) mit gelblichem Anfluge. Dagegen sind bei *chivi* Brust- und Bauchseiten lebhaft gelbgrün gefärbt, Steiss und untere Schwanzdecken stets schön strohgelb wie bei *flavoviridis*; untere Flügeldeckfedern und Ränder der Innenfahnen von Flügel- und Schwanzfedern ebenfalls strohgelb, während diese Parthien bei *olivacea* stets weisslich erscheinen (bei einigen Individuen mit schwach gelblichem Anfluge). Junge Vögel der *olivacea* sind etwas lebhafter gefärbt als die alten, doch nie so intensiv wie *chivi* in allen Altersstufen. Der Unterschied im Schwingenverhältniss zwischen *chivi* und *agilis*, wie er von Baird angegeben wurde, ist bei meinen Vögeln constant, doch mag Dr. Finsch Recht haben, wenn er behauptet, dass in Bezug hierauf die einzelnen Exemplare sehr variiren, und dass das Schwingenverhältniss nicht als Criterium für die Unterscheidung der beiden Arten gelten kann!

Ich stütze mich übrigens mit meiner Ansicht auch auf die gründlichen Untersuchungen Baird's, dem ein ungemein reiches Material von Bälgen zur Verfügung stand, und der nicht im Mindesten an der Verschiedenheit beider Arten zweifelt. Baird's Versuch, die *chivi* in zwei Arten *(chivi* und *agilis)* zu spalten, möchte dagegen, wie schon Herr v. Pelzeln bemerkt, weniger gerechtfertigt sein.

Da *olivacea* ihre Herbstwanderung gewiss nach Süd-Amerika ausdehnt, so möchte sie zu dieser Zeit mit *chivi* an gleichen Orten gefunden werden, und so eine Verwechselung dieser nahe verwandten Arten um so erklärlicher sein.

[Vorkommen: ?Guatemala (Baird), — dann über ganz Süd-Amerika nördlich von Bogota (Sclat.) und Trinidad (Finsch) bis südlich in die La Plata-Staaten: Buenos Ayres (Haslehust) verbreitet.]

9. *Progne domestica* (Vieill.) — Azara nr. 300.

Burm. S. U. III. p. 142 Anm. — Id. Reise La Plata nr. 128 part. — Baird Rev. Am. B. I. p. 282. — Pelzeln Orn. Bras. pp. 17, 402 (part.?). — Sclat. u. Salv. P. Z. S. 1869 p. 159. — Reinh. Bidr. in V. M. 1870 p. 442 sp. 374. — Sternberg J. f. O. 1869 p. 269. — *Progne dominicensis* Burm. (nec aut.) S. U. III. p. 141 excl. syn. — Euler J. f. O. 1867 p. 405.

3 Stück (2 ♂? und 1 ♀ oder juv.), mit Baird's Beschreibung (l. c.) übereinstimmend.

	Long. tot.	al.	caud.	rostr.	tars.
	Mm.	Mm.	Mm.	Mm.	Mm.
1) ♂? . .	202	148	81	11	14
2) ♂? . .	200	140	78	10	14
3) ♀ an juv.	195	141	75	10	14

Burmeister giebt viel kleinere Maasse für seine *P. dominicensis* als die meinigen es sind, dennoch glaube ich sicher, dass seine Beschreibung zu *domestica* gehört. Wie weit sich nun aber die geographische Verbreituug von *P. domestica* nach Norden erstreckt, und ob zum Beispiel der von Natterer bei Obidos gesammelte Vogel (von Pelzeln unter *P. domestica* aufgeführt) noch hierher oder schon zu *P. leucogastra* Baird gehört, vermag ich nicht zu sagen, weil ich keine Exemplare von dort vergleichen kann. Wenn bei Obidos die *domestica* noch vorkommt, so möchte auch als Synonym hierher zu stellen sein: *Progne leucogastra*, Sclat. et Salv. P. Z. S. 1867 p. 569 (Mexiana und Pará — Wallace).*)

[*P. domestica* wurde gefunden: in der Provinz Rio Janeiro (Natt.). — Minas, gemein (Reinh.). — Provinz Sao Paulo (Natt.). — Blumenau (Schlüter). — Rio Grande do Sul (Mus. Hein.). — Caiçara (Natt.). — Bolivia (Smiths. Inst.). — Paraguay (Azara). — Argentinien, häufiger Brutvogel (Burm.): Buenos Ayres, gemein, im Süden nicht bemerkt (Sternberg).]

10. *Cotyle ruficollis* (Vieill.). — Azara nr. 306.

Reinh. Bidr. in V. M. 1870 p. 439 sp. 369. — *Hirundo jugularis*, Wied Beitr. III. p. 365. — Euler J. f. O. 1867 p. 191. — *Cotyle flavigastra* (Vieill.) Burm. S. U. III. p. 144. — Pelzeln Orn. Bras. pp. 17, 402. — Euler J. f. O. 1867 p. 406. — *Stelgidopteryx ruficollis*, Baird Rev. Am. B. I. p. 315.

1 Stück (ad.).

Long. tot.	al.	caud.	rostr.	tars.
140 Mm.	113 Mm.	55 Mm.	8 Mm.	10 Mm.

[(?)Trinidad (Léot.). — Venezuela (Mus. Copenhagen, ein mit jungen Vögeln aus Sao Paulo übereinstimmendes Exemplar — Reinh.). — Cayenne (Mus. Sclat.). — Ost-Peru (Bartlett). — Brasilien: Bahia (Licht.); Caiçara (Natt.); Minas Geraes, gemein (Reinh.); Rio Janeiro (Natt.); Sao Paulo (Natt. u. Lund); Sta. Catharina: Blumenau (Schlüter). — Paraguay, selten (Azara). — La Plata (Baird u. Gray Handl.).]

11. *Dacnis cyanomelas* (Gmel.) — Azara nr. 103 ♂ ad.,
nr. 106 ♀ u. juv.

Burm. S. U. III. p. 153. — *Coereba coerulea* Wied (nec. aut.) Beitr. III. p. 766. — *Dacnis cayana* Strickl. (nec Lafr. et D'Orb.). — Sclat. Contr. Orn. 1851 p. 15. — Id. Ibis 1863 p. 313. — Cass. Proc. Ac. N. Sc. Philad. 1864 p. 268. — Pelzeln Orn. Bras.

---

*) Ueber die drei von Wallace gesammelten Exemplare sagen Sclater u. Salvin: „These specimens do not differ from the Central-American *P. leucogastra*“. — *P. leucogastra* wird von denselben Schriftstellern auch aus Ost-Peru verzeichnet (P. Z. S. 1867 pp. 749, 794). —   H. v. B.

p. 405 part. — *Dacnis cyanocephala* (Swains.). — Pelzeln Sitzungs-
ber. Wien. Ac. XX. p. 155. — Id. Novara Exp. Vögel p. 53. —
Id. Ornith. Bras. pp. 25, 405. — Reinh. Bidr. in V. M. 1870 p.
435 nr. 364. — *Dacnis nigripes*, Cass. (nec Pelzeln) Proc. Ac. N.
Sc. Philad. 1864 p. 269. — *Nectarinia bicolor* Becklem. (certe) etc.
— (?) *Dacnis ultramarina* Lawr.

  33 Stück (♂, ♀, juv.).

	Long. tot.	al.	caud.	rostr.	tars.
	Mm.	Mm.	Mm.	Mm.	Mm.
15 ♂ ad. . .	123—132	66½—71	48—50	13—14	14½—15½
17 ♀ u. juv.	121—134	62—67½	44—50	12½—13½	14½—15½

  Das Blau der alten ♂♂ variirt von hell Grünlichblau bis zu
lebhaft Himmelblau. Die Blumenauer Vögel sind etwas grösser
(besonders ihre Schnäbel sehr lang und gebogen) und von hellerer
Färbung als nördliche Exemplare. Ihre Beine und Füsse scheinen
stets sehr hell gefärbt zu sein. — Bogota-Vögel sind klein, stimmen aber in der Färbung mit Exemplaren nördlich von Panama
(*D. ultramarina*) überein und würden jedenfalls eher zu *D. ultramarina* als zu *D. cyanomelas* zu stellen sein! — Guiana-Vögel stehen
in Bezug auf ihre Färbung gleichsam in der Mitte zwischen den
Exemplaren aus Bogota und denen aus Brasilien; sie haben etwas
helleres Blau als die Bogota-Vögel, sind ihnen aber sonst sehr
ähnlich. Die Weibchen der Brasilianer zeigen an den weissen Kehl-
federn nie einen bläulichen Anflug, dagegen besitzen die weiblichen
Vögel aus Peru(?), Bogota und Guiana, soweit meine Erfahrung
geht, stets bläuliche Spitzen an den Federn der Kehle.
  Wenn nun aber auch nördliche Exemplare gewisse constante
Verschiedenheiten vor den südlichen voraus haben, so wird sich
doch nach meiner Ueberzeugung die *D. ultramarina* nie als gute
Art gegenüber der *cyanomelas* charakterisiren lassen, weil Exemplare aus den zwischenliegenden Gegenden durch ihre Färbungs-
und Grössenverhältnisse diese extremsten Formen zu einander über-
führen möchten. Uebrigens sind meine Untersuchungen über diesen Punkt noch nicht abgeschlossen und hoffe ich das Resultat
derselben in einer schon seit längerer Zeit von mir vorbereiteten
Monographie der *Coerebidae* bald veröffentlichen zu können.
  [Die geographische Verbreitung würde sich von **Nicaragua**
nördlich durch **Central-Amerika**, dann über **Trinidad** und
ganz Süd-Amerika (östlich der Anden) südlich bis **Paraguay** (Azara) und **Blumenau** (Schlüter) erstrecken.]

12. *Dacnis nigripes* Pelzeln.

?? Blue Manakin, Edw. Glean. Nat. Hist. II. (1860) p. 112 descr. orig. Pl. 263 fig. infer. (Surinam) — ♂. — Seligm. Vögel Edw. et Catesb. VIII. tab. 53 fig. 2 (ex Edw.) — *?? Pitpit bleu:* première var.: Buff. Hist. nat. ois. V. (1778) p. 339 (ex Edw.). — *?? Cayenne Warbler*, var. A, Lath. Syn. II. 2. (1783) p. 503 nr. 138 A (ex Edw.). — Bechst. Lath. Uebersetz. II. 2. (1795) p. 491. — *?? Motacilla cayana*, var. β, Gmel. Lin. Syst. Nat. Ed. XIII. ɪ., 2. (1788) p. 990 nr. 40 β (ex Edw.) — *?? Sylvia cayana*, var. β, Lath. Ind. orn. II. (1790) p. 546 nr. 143 β. (ex Edw.). — *Dacnis nigripes*, Pelzeln Sitzungsber. Wien. Ac. math. nw. Cl. XX. (1856) pp. 154, 155. descr. orig. ♂ u. ♀ tab. I. fig. 1 ♂, fig. 2 ♀ (Neu-Freiburg). — Sclat. P. Z. S. 1857 p. 263 sub *Dacnis cayana*. — Id. Cat. Coll. Am. B. (1861) p. 51 sp. 312 (Brasilien). — Id. Ibis 1863 p. 314 descr. ♂ u. ♀. — Pelzeln Orn. Bras. I. (1867) p. 25 Anm. 1 (Ypanema?) et IV. (1870) p. 405. — Gray Handl. birds I. (1869) p. 117 sp. 1457 (excl. syn. *bicolor*. Beckl.). — Reinb. Bidr. til Kundsk. Fuglef. Brasil. Camp. in Vid. Meddel. 1870 p. 436 sub *Dacnis cyanocephala*. — *Dacnis cayana* (part.), Burm. (nec aut.) Syst. Ueb. Thier. Bras. III. b. (1856) p. 153 part. (nur die Beschreibung des jungen ♂ von Lagoa Santa gehört hierher) descr. orig. ♀. — Reinb. Bidr. til Kundsk. etc. in Vid. Meddel. 1870 p. 437 nr. 365 (ex Burm.).

1 Stück (♀ oder ♂ juv.). — Das einzige von Herrn Schlüter eingesandte Exemplar stimmt mit der von Pelzeln gegebenen Beschreibung und Abbildung des Weibchens von *D. nigripes* gut überein; da jedoch mein Vogel an den Federn der Brust und der Bauchseiten bläuliche Spitzen zeigt, so möchte ich ihn für ein junges Männchen ansehen.

	Long. tot. Mm.	al. Mm.	caud. Mm.	rostr. Mm.	tars. Mm.
1) ♂ juven. Blumenau (Schlüter)	115	60	37	11½	14½
2) ♀ an ♂ juv. Lagoa santa (Burm.) — in Mus. Hall.	112	—	—	11½	14½
3) ♂ semiad. Brasilien (Beske — ex Mus. Vindob. in Mus. Bremen	106	59	36	11	14

No. 2 ist das Original zu Burmeister's oben citirter Beschreibung; ich habe dasselbe in Halle untersucht und mich nun autoptisch davon überzeugt, dass sein Vogel ein Weibchen von *D. nigripes* ist, was ich auch schon längst bei'm Durchlesen der Burmeister'schen Beschreibung vermuthet hatte.

Das dritte Exemplar, dessen Maasse oben gegeben sind, erhielt ich durch die Güte des Herrn Dr. Finsch, welcher in seiner Eigenschaft als Custos der Bremer Sammlung mir dasselbe bereitwilligst zur Ansicht sandte; es ist ein ziemlich ausgefärbtes ♂ und stammt aus dem Wiener Museum, wohin es Beske aus Neu-Freiburg schickte. Ausser den erwähnten Vögeln dürften sich Exemplare dieser Species nur im Wiener Museum und in Sclater's Sammlung befinden.

Was die obenstehende Synonymie betrifft, so möchte es schwer zu entscheiden sein, ob Edwards *„Blue Manakin"* hierher oder zu *D. cyanomelas* gehört. Die Abbildung zeigt allerdings einige Eigenthümlichkeiten, die nur der *D. nigripes* zukommen, doch kann das auch Zufall sein. Der Umstand, dass *nigripes* recht selten ist und bisher nur aus Südost-Brasilien bekannt wurde, während *„Blue Manakin"* aus Surinam stammt, spricht eher dafür, dass Edwards die *cyanomelas* vor sich hatte. Was Cassin (Pr. Ac. Phil. 1864 p. 269) für *D. nigripes* Pelzeln ausgiebt, sind jedenfalls nur nördliche Exemplare der *D. cyanomelas*, wie aus Allem, was Cassin darüber sagt, hervorgeht.

Das helle Blau und die schwärzlichen Beine und Füsse unterscheiden die Männchen dieser Art durchaus nicht immer von denen der *cyanomelas*. Mehrere Exemplare letzterer Art aus Blumenau sind ebenso hell, einige noch heller und grünlicher gefärbt, und verschiedene Vögel aus Nord-Brasilien (Bahia?) haben dunkler gefärbte Beine und Füsse als das Exemplar von *D. nigripes* im Bremer Museum (bei meinem jungen ♂ aus Blumenau sind dieselben allerdings dunkler und fast schwarz gefärbt). Sehr leicht ist jedoch *D. nigripes* an dem kurzen, an der Wurzel sehr breiten, stark zusammengedrückten Schnabel zu erkennen; auch die sehr schmalen, kurzen und stets zum grössten Theile blau gerandeten Schwanzfedern, sowie die kurzen Flügel u. s. w. sind charakteristisch für diese Art. Die Weibchen von *D. nigripes* und *D. cyanomelas* sind gar nicht zu verwechseln.

[Neu-Freiburg(?) (Beske). — Lagoa Santa (Burm.).— (?) Ypanema (Natter.). — Blumenau (Schlüter).]

13. *Certhiola chloropyga* Cab.

Burm. S. U. III. p. 157 Anm. — Cass. Proc. Ac. N. Sc. Philad. 1864 p. 272. — Pelzeln Orn. Bras. pp. 26, 406. — Sundev. Oefv. Vet. Ak. Förh. 1869 p. 624 nr. 15. — Reinh. Bidr. in V. M. 1870 p. 244 nr. 363. — Finsch Monogr. *Certhiola* in Verh. zool.-bot. Verein 1871 p. 779 nr. 8. — Hamilt. Ibis 1871 p. 302. — *Cocreba flaveola* Wied Beitr. III. p. 774 excl. syn. — Euler J. f. O. 1867 pp. 189, 193. — *Certhiola flaveola* Burm. (nec aut.) S. U. III. p. 155 excl. syn. — Euler J. f. O. 1867 p. 407. — *Certhiola guianensis* Cab. — *Certhiola majuscula* Cab. — etc.

10 Stück.

	Long. tot. Mm.	al. Mm.	caud. Mm.	rostr. Mm.	tars. Mm.
1) Blumenau .	106	62	40	12$\frac{1}{2}$	15$\frac{1}{2}$
2) „ .	107	56	36	12$\frac{1}{2}$	15
3) „ .	107	59	39	12$\frac{1}{2}$	15$\frac{1}{2}$
4) „ .	101	60$\frac{1}{2}$	38	12	14$\frac{1}{2}$
5) „ .	106	59$\frac{1}{2}$	40	12$\frac{1}{2}$	15
6) „ .	96	57	36	12$\frac{3}{4}$	16
7) „ .	100	57	36$\frac{1}{2}$	—	15
8) „ .	94	52	32$\frac{1}{2}$	11$\frac{1}{4}$	14$\frac{1}{2}$
9) „ .	95	54	33	12	14$\frac{1}{2}$
10) „ .	98	55	32$\frac{1}{2}$	11$\frac{1}{2}$	14$\frac{1}{2}$
11) Süd-Brasilien, coll. mea	100	54	33	12	14$\frac{1}{2}$
12) Brasilien, coll. mea	88	50$\frac{1}{2}$	31	12$\frac{1}{4}$	14$\frac{1}{2}$
13) Bahia (Schlüter)	110	57	37	12$\frac{1}{4}$	15

Bei nr. 3 und nr. 6 treten unter den oberen Flügeldeckfedern die weisslichen Wurzeln der Primärschwingen etwas hervor, wodurch ein ganz kleiner weisser Spiegel entsteht. Die oben gegebenen Maasse werden zeigen, wie Exemplare der *Certhiola chloropyga*, selbst von ein und derselben Localität, in ihren Grössenverhältnissen variiren. Ich stimme den von Herrn Dr. Finsch in seiner vortrefflichen Monographie der Gattung *Certhiola* entwickelten Ansichten in Betreff der Identität von *chloropyga*, *guianensis* und *majuscula* etc. völlig bei. Ueber Blumenauer Exemplare, die ich ihm zuschickte, schreibt mir Dr. Finsch Folgendes: „Sie stimmen ganz mit Exemplaren aus Guiana überein, sind aber auf dem

Rücken etwas lichter; doch ist ein Guiana-Exemplar kaum dunkler als die Süd-Brasilianer gefärbt. Dass zuweilen bei *chloropyga* der weisse Spiegel unmerklich hervortritt, war mir bekannt."

[Die geogr. Verbreitung erstreckt sich über Cayenne, Surinam, Guiana, Ost-Peru und fast ganz Brasilien, südlich bis Blumenau. — Dr. Finsch hat in seiner *Certhiola*-Monographie schon alle Fundörter zusammengestellt; ich habe nur noch hinzuzufügen, Sao Paulo, im botanischen Garten beobachtet (Hamilt.). — Blumenau (Schlüter).]

14. *Tanagra cyanoptera* (Vieill.). — Azara nr. 92.

? *Loxia virens*, Linn. S. N. Ed. XII. 1. (1766) p. 303 nr. 23. — Evêque (mâle), Desm. Tang. t. 15. — *Lindo saihobi*, Azara Apunt. I. (1803) p. 370 nr. 92. — *Saltator cyanopterus*, Vieill. Nouv. Dict. XIV. (1817) p. 104 descr. orig. (Brasilien). — *Tanagra episcopus*, Swains. (nec Linn.) Birds Braz. u. Mexic. (1841) tab. 39 (♂ juv.). — Hartl. Ind. Azara p. 6. — ? D'Orb. Voy. Am. mérid. Ois. p. 274. — (?) *Tanagra praelatus*, Less. Trait. d'Orn. (1831) p. 463. — ? *Aglaia episcopus*, Lafr. et D'Orb. (nec aut.) Mag. de Zool. (Synops. av.) p. 33 nr. 13. — (?) *Tanagra sayaca* (mas) Wied (nec aut.) Beitr. III. a. (1830) p. 484 ♂. — Burm. Syst. Ueb. III. b. (1856) p. 176 ♂. — Bonap. Consp. I. (1850) p. 238 gen. 510 sp. 1 part. — *Tanagra virens*, Strickl. Ann. Nat. Hist. XX. (1847) p. 332 (certe — teste Sclat.). — *Tanagra argentata*, Gray Gen. Birds p. 364 sp. 6. — *Thraupis cyanoptera*, Cab. Mus. Hein. I. (1850) p. 29 sp. 194. — Cab. J. f. O. 1866 pp. 305, 306 sub *Th. sayaca*. — Finsch P. Z. S. 1870 p. 580 sub *Th. cana*. — (?) Gray Handl. birds II. (1870) p. 62 sp. 6858 part. — *Tanagra cyanoptera*, Bonap. Rev. et Mag. de Zool. 1851 p. 170. — Id. Note s. l. *Tang*. p. 21. — Id. Compt. Rend. XXXII. (1851). — Sclat. P. Z. S. 1856 p. 233 (syn. part.). — (?) Sclat. Cat. Coll. Am. B. (1861) p. 75 sp. 441 part. — Sclat. u. Salv. P. Z. S. 1867 p. 594. — Id. et Id. P. Z. S. 1868 p. 139. — Hudson P. Z. S. 1870 p. 114. — Pelzeln Orn. Bras. (1870) p. 209 Anm. et 434. — Reinh. Bidr. etc. in Vid. Meddel. 1870 p. 431 sp. 355. — Hamilt. Ibis 1871 p. 114. — *Tanagra coelestris*, mas, Burm. (nec Spix, nec Swains.) Syst. Ueb. III. b. (1856) p. 177 Anm. 1. — *Tanagra sayaca*, Burm. (nec Linn.) Reise La Plata-Staaten II. p. 479 sp. 136. — Id. Journ. f. Ornith. 1860 p. 253 sp. 137.

36 Stück. — Alle eingesandten Exemplare besitzen den grossen cyanblauen Flügelfleck, und da sich Vögel darunter befinden, die

augenscheinlich noch sehr jung sind, so bin ich etwas zweifelhaft, ob dem Weibchen, wie gewöhnlich angenommen wird, diese Auszeichnung ganz fehlen möchte; vielleicht sendet aber Herr Schlüter noch später die echten Weibchen ohne blauen Schulterfleck. *) — Die älteren Vögel sind auf der ganzen Oberseite schön blaugrün gefärbt, während hier bei jüngeren Vögeln ein schmutziges Olivengrün vorwaltet, welches dann zuweilen mit bläulichen Federn durchsetzt wird. Ganz junge Vögel haben hellbräunliche Beine und Oberschnabel und weisslichen Unterschnabel; auf der Unterseite sind sie sehr hell gelblich olivengrün angeflogen; sie zeigen jedoch ebenfalls den cyanblauen Schulterfleck, wenn auch etwas schmutziger und von geringerer Ausdehnung als bei den alten.

	Long. tot.	al.	caud.	rostr.	tars.
	Mm.	Mm.	Mm.	Mm.	Mm.
ad.	170—195	96—106	68—79	14—15½	19½—22
jun.	162—188	89½-96	65—70	13—15½	19½—22

Tanagra saya-ca (Linn.):

1) Brasil. coll. mea ♂	170	95	65	14½	22
2) Brasil. coll. mea ♀	150	96	60	11½	19½

[*T. cyanoptera* kommt vor in Südost-Brasilien: (?)Lagoa santa (Burm.); Sao Paulo (Hamilt.); Blumenau (Schlüter); Rio Grande (Plant u. Mus. Hein.). — ?Bolivia (D'Orb. et Gray). — Paraguay (Azara). — La Plata-Staaten: Buenos Ayres und Conchitas (Hudson), Parana (Burm.).]

NB. *T. cyanoptera*, deren Unterschiede von *T. sayaca* L. Herr Dr. Cabanis im Journ. f. Orn. 1866 p. 305 trefflich begründet hat, ist sicher eine „gute Art“, die an dem sehr breiten, relativ kurzen und hohen Schnabel (fast völlig wie bei *T. striata* gebildet) und dem grossen cyanblauen Flügelfleck (ob in allen Kleidern?) leicht erkannt werden kann. Es ist jedoch nicht so leicht, die auf *cya-*

---

*) Herr v. Pelzeln schreibt mir, dass 2 Exemplare (ein Pärchen) aus Cuba! (Müller) im Wiener Museum ebenfalls beide den cyanblauen Schulterfleck besitzen, und dass dieselben mit den Blumenauer Vögeln, die ich ihm zur Ansicht sandte, übereinstimmen. Natterer sammelte diese Art nicht, wie Herr v. Pelzeln ausdrücklich bemerkt. — Die Vaterlandsangabe „Cuba“ bei den im Wiener Museum befindlichen Exemplaren ist wohl jedenfalls irrig, vielleicht sind aber jene Vögel dort gezähmt im Käfig gehalten worden. —   H. v. B.

noptera bezügliche Synonymie zusammenzustellen: Ob *Loxia virens* Linn. hierher gehört, lässt sich nach Linné's kurzer Diagnose schwer entscheiden. Wenn die Vaterlandsangabe „Surinam" richtig ist, so möchte wohl eine der verwandten nördlicheien Arten, wie *cana* Swains. oder *glaucocolpa* Cab. gemeint sein; für *cyanoptera* ist wenigstens bis jetzt noch kein so nördlicher Fundort bekannt geworden. Da das alte ♂ der *sayaca*, wie mir ein solches Exemplar in meiner Sammlung beweist, ebenfalls einen etwas lebhaft gefärbten Schulterfleck (der jedoch viel schmäler als bei *cyanoptera* und grüulich hellblau erscheint) besitzt, so ist es nicht mit Bestimmtheit festzustellen, ob die von Wied und Burmeister als Männchen ihrer *sayaca* beschriebenen Vögel zu letzterer Art oder zu *cyanoptera* gehören. Das Letztere ist wahrscheinlicher, besonders in Betreff Burmeister's, welcher bemerkt, dass die Färbung der Schultern in's Cyanblaue falle.

15. *Tanagra ornata* Sparrm.

Burm. S. U. III. p. 174. — Sclat. P. Z. S. 1856 p. 234. — Pelz. Orn. Bras. pp. 209, 434. — Reinh. Bidr. in V. M. 1870 p. 431 sp. 356. — Hamilt. Ibis 1871 p. 303. — *Tanagra archiepiscopus* Desm. — Spix Av. Bras. II. p. 42. — Wied Beitr. III. p. 481.

4 Stück (2 ♂♂ und 2 ♀♀). — Bei den ♂♂ ist fast die ganze Unterseite schön purpurblau gefärbt und der Rücken stark blau überflogen. Die ♀♀ sind viel matter in ihrer Färbung, auf der Uuterseite ist nur die Oberbrust purpurblau angehaucht.

	Long. tot.	al.	caud.	rostr.	tars.
	Mm.	Mm.	Mm.	Mm.	Mm.
2 ♂ .	172—182	96—97	73—74	14½—15	19—19½
2 ♀ .	170—176	94	73	14—14½	19--19½

[Brit. Guiana — nicht häufig (Schomb. — Mus. Brit.). — (?)Peru (Dombey). — Brasilien: Prov. Bahia: Nazareth das Farinhas (Wied); Minas Geraes, nicht häufig: Lagoa Santa und Sete Lagoas (Reinh.); Rio: Rio Janeiro (Spix), Curcovado (Natt.); Sao Paulo: Ypanema und As Araras (Natter.); Sta. Catharina: Blumenau (Schlüter).]

16. *Tanagra palmarum* Wied.

Wied Beitr. III. p. 489. — Sclat. P. Z. S. 1856 p. 234. — Pelz. Orn. Bras. pp. 209, 434. — Reinh. Bidr. in V. M. 1870 p. 430 sp. 353. — Finsch P. Z. S. 1870 p. 580. — *Tanagra olivascens* „Licht." D'Orb. Voy. p. 274. — Burm. S. U. III. p. 175. — *Tanagra melanoptera* Hartl. — Pelz. Orn. Bras. pp. 209, 434.

1 Stück.

	Long. tot.	al.	caud.	rostr.	tars.
	Mm.	Mm.	Mm.	Mm.	Mm.
1) Blumenau . .	190	101	77	$14\frac{1}{2}$	21
2) Bras. coll. mea	170	100	76	14	21
3) Bogota coll. mea (*T. melanoptera*)	147	98	$73\frac{1}{2}$	$13\frac{1}{2}$	21

Nach einem Balg aus Bogota in meiner Sammlung zu urtheilen, möchte ich *T. melanoptera* und *T. palmarum* für verschiedene Species halten, die Färbungsunterschiede sind sehr in die Augen fallend; Dr. Finsch hat jedoch in P. Z. S. 1870 p. 580 erwiesen, dass Mittelformen zwischen beiden Arten vorkommen, so dass man sie nicht länger auseinander halten kann. *T. palmarum* scheint wie *Dacnis cyanomelas* und viele andere zu den weitverbreiteten Species zu gehören, deren extremste geographische Rassen sicher etwas von einander verschieden sind, während Exemplare aus den mittleren Verbreitungsbezirken die Eigenthümlichkeiten dieser extremen Formen in sich vereinigen; in solchen Fällen ist es meiner Meinung nach unmöglich, verschiedene Species zu fixiren.

[1. *T. melanoptera:* Guiana (Schomb.). — Cayenne (Scl.). — Surinam (Mus. Hein.). — Trinidad: (Scl.). — Brasilien, columbisch-brasil. Fauna (Natt.). — Ost-Peru (Bartlett). — Ost- und West-Ecuador (Fras.). — Bogota (Scl.). — Magdalena (Wyatt). — Venezuela (Göring u. Taylor). — Veragua (Arcé). — Costa Rica (Arcé u. Frantz). — 2. *T. palmarum:* Bolivia (D'Orb.). — Brasilien: Unterer Amazonas (Wallace), — bolivisch-brasil. Fauna (Natt.). — Bahia (Wied). — Rio Janeiro (Natt.). — Provinz Minas Geras (Lund und Reinh.). — Provinz Sao Paulo (Natt.). — Blumenau (Schlüter).]

17. *Orthogonys viridis* (Spix).

Burm. S. U. III. p. 170. — Sclat. P. Z. S. 1856 p. 122. — Pelz. Orn. Bras. pp. 211, 435.

8 Stück. — In der Färbung kann ich zwischen den 8 Exemplaren auch nicht den geringsten Unterschied auffinden.

[Rio Janeiro (Spix; von Natterer daselbst gekauft). — (?) Neu-Freiburg (Beske). — Provinz Sta. Catharina: Blumenau (Schlüter).]

18. *Tachyphonus coronatus* (Vieill.). — Azara nr. 77.

Burm. S. U. III. p. 166. — Sclat. P. Z. S. 1856 p. 114. — Pelz. Orn. Bras. pp. 213, 435. — Reinh. Bidr. in V. M. 1870 p. 428 sp. 347. — Hamilt. Ibis 1871 p. 303.

28 Stück (♂ ad, ♀, juv.). Der Schnabel ist meistens ganz schwarzbraun gefärbt, nur einige Vögel, besonders jüngere ♂♂, haben weisse Basis des Unterschnabels. — Herr Schlüter hat verschiedene Männchen im Uebergangsgefieder gesammelt; dieselben zeigen schon das schwarze Kleid der alten und die rothe Scheitelmitte, doch stehen noch überall die rostrothen Federn des Jugendkleides dazwischen, was diesen Vögeln ein sehr scheckiges Aussehen giebt.

Long. tot.	al.	caud.	rostr.	tars.
Mm.	Mm.	Mm.	Mm.	Mm.
170—184	85—91	76—84	16—17	$21\frac{1}{2}$—$22\frac{1}{2}$

[Südost-Brasilien: Neu-Freiburg, gemein (Lund), Rio Janeiro (Zelebor); Cubatao (Natt.); Minas Geraes: Lagoa Santa und Sete Lagoas (Lund und Reinh.); Prov. Sao Paulo (Natt. und Lund); Sta. Catharina (Burm.): Blumenau (Schlüter); Rio Grande (Plant). — Paraguay (Azara).]

19. *Trichothraupis quadricolor* (Vieill.). — Azara nr. 101; nr. 100?

Sclat. P. Z. S. 1856 p. 117. — Pelz. Orn. Bras. pp. 212, 435. — Reinh. Bidr. in V. M. 1870 p. 426 sp. 346. — *Tanagra auricapilla*, Spix Av. Bras. II. p. 52. — Wied Beitr. III. p. 538. — Euler J. f. O. 1867 pp. 190, 192, 198. — *Tachyphonus quadricolor* Vieill. — Burm. S. U. III. p. 164. — Euler J. f. O. 1867 p. 408.

2 Stück. Beide sind wahrscheinlich Weibchen: sie haben eine etwas schmutzig goldgelbe Scheitelmitte; Stirn, Zügel und Augengegend sind nicht schwarz, sondern nur wenig dunkler als ihre Umgebung gefärbt. — Prinz Wied und Burmeister behaupten, dem Weibchen fehle die gelbe Scheitelmitte; Reinhardt erhielt jedoch Weibchen, die dieser Auszeichnung nicht entbehrten; es möchten daher die Exemplare ohne gelbe Scheitelmitte als junge Vögel zu betrachten sein!

	Long. tot.	al.	caud.	rostr.	tars.
	Mm.	Mm.	Mm.	Mm.	Mm.
1) ♀ jun.? . .	166	85	76	12	20
2) ♀ ad. (?) . .	172	$84\frac{1}{2}$	80	$13\frac{1}{4}$	20
[3) ♂ ad. Brasilien coll. mea	160	$84\frac{1}{2}$	76	$12\frac{1}{2}$	$19\frac{1}{2}$]

Nr. 1 scheint jünger als Nr. 2, bei ersterer ist die gelbe Scheitelmitte schmutziger und der Schnabel kürzer.

[Prov. Bahia: Iiboya (Wied). — Barra da Vareda (Wied). — Neu-Freiburg, nicht selten (Burm. u. Lund), Cantagallo, nicht selten (Euler), Rio Janeiro (Spix u. Burm.), Registo do Sai (Natt.). — Ypanema und Cimeterio, häufig (Natt.), Campinas und Hytú (Lund). — Blumenau (Schlüter). — Paraguay (Azara).]

20. *Cissopis leveriana* (Gmel.)

Sclat. P. Z. S. 1856 p. 78. — Pelz. Orn. Bras. pp. 217, 436. — Reinh. Bidr. in V. M. 1870 p. 420 sp. 337. — *Bethylus picatus* (Lath.). — Wied Beitr. III. p. 545. — Euler J. f. O. 1867 p. 190. — *Cissopis major* Cab. — Burm. S. U. III. p. 204.

1 Stück (ad).

Long. tot.	al.	caud.	rostr.	tars.
27½ Cm.	109½ Mm.	147 Mm.	18 Mm.	25½ Mm.

[?Unterer Amazonas (Bartlett — Scl. et Salv. P. Z. S. 1866 p. 181). — Prov. Bahia: Arrayal da Conquista (Wied). — Prov. Minas, gemein (Lund u. Reinh.). — Neu-Freiburg (Burm. und Reinh.). — Cantagallo, nistend (Euler), Macahé (Reinh.). — Prov. Sao Paulo, häufig (Natt. u. Lund). — Blumenau (Schlüter).]

21. *Pitylus fuliginosus* (Daud.).

Sclat. P. Z. S. 1856 p. 64. — Pelz. Orn. Bras. pp. 220, 437. — *Tanagra psittacina*, Spix Av. Bras. II. p. 44. — *Fringilla gnatho* Licht. — Wied Beitr. III. p. 552. — *Pitylus coerulescens* Cab. — Burm. S. U. III. p. 206.

2 Stück, ein ♂ ad und ein ♀ oder jüngerer Vogel. An letzterem sind alle Theile viel matter und schmutziger gefärbt, als bei dem ♂: Kehle und Kopfseiten sehr matt schwärzlich, kaum dunkler als die Umgebung; auch der Schnabel ist heller als der des ♂.

	Long. tot.	al.	caud.	rostr.	tars.
1) ad. ♂?	21,7 Cm.	106 Mm.	109 Mm.	22½ Mm.	26 Mm.
2) ♀ an juv.	23,7 „	103 „	104 „	22½ „	25 „

[Prov. Bahia: Río Catolé (Wied). — Neu-Freiburg, nicht häufig (Burm.), Rio Janeiro (Spix). — Prov. Sao Paulo: Mattodentro, Ypanema, Butuyuru (Natt.). — Blumenau (Schlüter). *)]

*) Wenn Pelzeln Exemplare dieser Species aus Cayenne und Panama, die sich im Wiener Museum befinden sollen, erwähnt, so möchte hier wohl sicher ein Irrthum vorliegen, der wahrscheinlich auf einer Verwechselung des *P. fuliginosus* mit *P. grossus* (Linn.) beruht. H. v. B.

22. *Spermophila caerulescens* (Vieill.). — Azara nr. 125.

Pelz. Orn. Bras. p. 438. — Sclat. Ibis 1871 p. 12. — Hamilt. Ibis 1871 p. 303. — *Fringilla leucopogon*, Wied Beitr. III. p. 572. — Euler J. f. O. 1867 pp. 189, 190, 192, 198. — *Spermophila nigrigularis* Gould et Darw. Voy. Beagle Zool. III. p. 88. — *Sporophila ornata* (Licht.). — Burm. S. U. III. p. 243. — Id. La Plata-Reise sp. 165. — Euler J. f. O. 1867 p. 414. — *Spermophila ornata* (Licht.). — Sclat. et Salv. P. Z. S. 1869 p. 632. — Pelz. Orn. Bras. pp. 224, 438. — Reinh. Bidr. in V. M. 1870 p. 442 sp. 323.

3 Stück (2 ♂ und 1 ♀ oder juv.).

	Long. tot.	al.	caud.	rostr.	tars.
1) ♂ (mit weissem Spiegel)	120 Mm.	58¹/₂ Mm.	49 Mm.	9 Mm.	14¹/₂ Mm.
2) ♂	115 „	57—58 „	47 „	.9 „	14¹/₂ „
3) ♀ an juv. . .	115 „	55¹/₂ „	48 „	9 „	14¹/₄ „

Nr. 1 hat die Basis der 5. bis 9. Schwinge schneeweiss gefärbt, wodurch oben auf dem Flügel ein netter weisser Spiegel entsteht;*) bei Nr. 2 ist von einem solchen Spiegel keine Spur vorhanden.

[Brasilien: Bahia (Licht.); Prov. Matogrosso (Natt.); Prov. Minas Geraes (Lund u. Burm.); bei Rio Janeiro sehr gemein (Burm., Wied, Natt., Reinh.), Neu-Freiburg, häufig (Lund), Cantagallo (Euler); Prov. Sao Paulo, häufig (Natt., Lund, Hamilt.); Blumenau (Schlüter). — Bolivia (D'Orb.). — Paraguay (Azara). — Monte Video (Darwin). — Argentinien: Mendoza und Parana, nicht häufig (Burm.).]

23. *Zonotrichia pileata* (Bodd.). — nr. 135.

Pelz. Orn. Bras. pp. 229, 439. — Reinh. Bidr. in V. M. 1870 p. 407 sp. 316. — Sclat. Ibis 1870 p. 499. — Hamilt. Ibis 1871 p. 303. — *Fringilla matutina* Licht. — Wied Beitr. III. p. 623. — Euler J. f. O. 1867 pp. 189, 190, 192. — *Zonotrichia matutina* (Licht.). — Darw. Voy. Beagle Zool. III. p. 91. — Burm. S. U. III. p. 229. — Burm. La Plata-Reise Nr. 157. — Euler J. f. O. 1867 p. 412. — Sternberg J. f. O. 1869 p. 271.

3 Stück.

Long. tot.	al.	caud.	rostr.	tars.
135—144 Mm.	66—70 Mm.	57—64 Mm.	12—13 Mm.	20—21¹/₂ Mm.

---

*) Nach Natterer's Erfahrung kommt dies sehr selten vor; unter 13 ♂♂, welche jener Reisende sammelte, befand sich nur ein Vogel, welcher deutlich weisse Wurzeln an der 4. bis 7. Schwinge besass. — Uebrigens beschreibt Prinz Wied ein ebensolches Exemplar.   H. v. B.

[Fast in ganz Süd- und Central-Amerika zu Hause und hier überall häufig. In Guatemala ist sie sehr gemein (Salv.) und scheint noch nördlich bis nach Mexico vorzukommen (Müller syst. Verz. Thier. Mex. Nr. 446) — in West-Indien fehlt sie, ist dagegen über den ganzen südamerikanischen Continent östlich und westlich der Anden verbreitet: in Chile und Patagonien ist sie noch häufig und wurde in der Magellanstrasse: Sandy Point im Novbr. und März von Cunningham angetroffen.]

24. *Sycalis flaveola* (Linn.)

Pelz. Orn. Bras. pp. 231, 440. — Sclat. Ibis 1872 p. 41. — *Fringilla brasiliensis*, Spix Av. Bras. II. p. 47. — Wied Beitr. III. p. 614. — Euler J. f. O. 1867 pp. 189, 190, 192, 198. — *Sycalis brasiliensis* (Gmel.) — Burm. S. U. III. p. 253. — Euler J. f. O. 1867 p. 415. — Reinh. Bidr. in V. M. 1870 p. 402 sp. 310.

13 Stück (4 ♂ und 9 ♀ oder juv.).

	Long. tot.	al.	caud.	rostr.	tars.
	Mm.	Mm.	Mm.	Mm.	Mm.
4 ♂♂ . . .	125—135	72—73	51—53	9½—11	17—18
9 ♀♀ oder juv.	115—130	67—71	48—52	9—10½	16½—17½

Die ♂♂ scheinen völlig ausgefärbt und stimmen unter sich überein. Die Weibchen oder jungen Vögel haben zum grössten Theil lerchenfarbiges Gefieder, welches nur an Brust, Oberkopf und Steiss mehr oder weniger mit Gelb gemischt ist. Bei einigen sind nur an der Oberbrust gelbliche Striche vorhanden und so gefärbte Individuen passen nicht ganz schlecht zur Beschreibung der Weibchen von *S. Pelzelni* Sclat., aber das uropygium ist bei ihnen nicht gestreift. *Pelzelni* (= *brasiliensis* Pelz.) möchte aber wohl doch von *flaveola* verschieden sein, da die Färbung des Männchens eine andere ist.*) Ob Azara's Beschreibung sowie verschiedene andere Citate besser zu *flaveola* oder zu *Pelzelni* zu stellen sind, ist schwer zu entscheiden, weil beide Arten so ziemlich denselben Verbreitungsbezirk besitzen.

[Santa Martha (Wyatt). — Bogota (Mus. Sclat). — Venezuela: Orinocco, häufig (Taylor). — Trinidad (Finsch). — Jamaica, wahrscheinlich eingeführt (Gosse und Osburn). — Brit. Guiana (Schomb.). — Bolivia (D'Orb.). — Brasilien: Minas Geraes (Spix, Lund u. Reinh.); Neu-Freiburg (Lund

---

*) Möglich wäre es jedoch immerhin, dass *S. Pelzelni* sich nur auf jüngere Männchen und jüngere Weibchen der *flaveola* gründet.

H. v. B,

und Reinh.), Cantagallo (Euler), Sapitiba (Natt.); Ypanema, häufig, und Jaguaraiba (Natt.); Blumenau (Schlüter).]

25. *Cassicus cristatus* (Bodd.). — Azara nr. 57.

Pelz. Orn. Bras. pp. 191, 430. — Reinh. Bidr. in V. M. 1870
p. 401 sp. 309. — *Cassicus cristatus* (Bodd.) — Wied Beitr. III. p.
1220. — Burm. S. U. III. p. 275. — Euler J. f. O. 1867 pp. 189,
195. — *Cassicus citreus* (Müll.) — *Cass.* Proc. Ac. N. Sc. Philad.
1867 p. 68.

8 Stück (4 ♂ und 4 ♀). — 2 alte ♂♂ zeigen am Unterhalse,
Rücken und in den grossen oberen Flügeldecken einige breit hellgelb gesäumte Federn. Wied, Natterer und Reinhardt erhielten
ebenfalls öfters solche Exemplare, deren schwarzes Gefieder mit
einzelnen gelben Federn durchsetzt war; es scheint daher, dass
bei dieser Species eine grosse Neigung zur Ausartung vorwaltet.

	Long. tot.	al.	caud.	rostr.	tars.
	Cm.	Mm.	Mm.	Mm.	Mm.
4 ♂♂ ad	43¼—47¾	210—250	182—201	56—60	45—49
4 ♀♀ ..	35¾—37½	168—179	151—163	46½—48	39—40

[Veragua: Bugaba (Salv.). — Panama (Lawr.), — dann
fast ganz Süd-Amerika: Magdalena (Wyatt). — Bogota
(Mus. Sclat.). — Ecuador: Qualaquiza (Fras.), Rio Napo
(Verr.). — Venezuela (Mus. Hein.). — Trinidad (Finsch). —
Br. Guiana (Schomb.). — Ost-Peru (Tschud., Bartlett, Hauxwell). — Bolivia (Gray). — Paraguay (Azara). — Bekannt
aus allen Theilen Brasiliens, südlich bis Blumenau (Schlüter). — (?) Argent. rep.! (Gray Handl. birds).]

26. *Cassicus haemorrhous* (Linn.).

Wied Beitr. III. p. 1230. — Burm. S. U. III. p. 274. — Cass.
Proc. Ac. N. Sc. Philad. 1867 p. 63. — Pelz. Orn. Bras. pp. 193,
431. — Reinh. Bidr. in V. M. 1870 p. 400 sp. 308.

11 Stück. — Es scheint kein ganz altes ♂ dabei zu sein, sondern nur Weibchen und jüngere Vögel.

	Long. tot.	al.	caud.
Alte ♀♀? ...	26—28½ Cm.	147—164 Mm.	102—112 Mm.
	rostr. 34—37 Mm.	tars. 31—34 Mm.	
	Long. tot.	al.	caud.
3 junge Vögel	23½—25¼ Cm.	134½—135 Mm.	96—98 Mm.
	rostr. 31½—32½ Mm.	tars. 28—29 Mm.	

Cassicus affinis Swains. wird von Cassin und Pelzeln für specifisch verschieden von *C. haemorrhous* und als nördlicher Vertreter

desselben, in Guiana, Cayenne, Trinidad, Rio Negro —
— Natt. und Para — Natt. betrachtet. Cassin hat l. c. die Unterschiede beider Arten, welche nur in der Form des Schnabels begründet zu sein scheinen, dargelegt; ich selbst kann Nichts darüber sagen, weil mir keine nördlichen Exemplare zur Vergleichung vorliegen.

[(?)Para (Wallace)*). — Bahia (Cass.). — Cubatao in Matogrosso (Natt.). — Rio Belmonte (Wied). — Minas Geraes, häufig (Reinh.). — Prov. Rio Janeiro (Natt. und Cass.). — Prov. Sao Paulo (Natt.). — Blumenau in Sta. Catharina (Schlüter).]

27. *Molothrus bonariensis* (Gmel.). — Azara nr. 61.

Cass. Proc. Ac. N. Sc. Philad. 1866 p. 19. — Sclat. u. Salv. P. Z. S. 1868 p. 140. — ?Pelz. Orn. Bras. p. 200 Anm. — Hudson P. Z. S. 1870 pp. 333, 548, 671. — Finsch P. Z. S. 1870 p. 576 et 577 sub *M. atronitens*. — Sclat. P. Z. S. 1871 p. 515. — *Molothrus sericeus* (Licht.) nec Cass. — Pelz. Orn. Bras. pp. 200, 432. — Reinh. Bidr. in V. M. 1870 p. 397 sp. 304. — *Molobrus sericeus*, Burm. S. U. III. p. 279. — Id. La Plata-Reise sp. 183. — Euler J. f. O. 1867 p. 415. — Sternberg J. f. O. 1869 p. 125. — *Passerina discolor* Vieill. nec Cass. sp. — *Xanthornus purpurascens* Hahn nec Cass. sp. — *Icterus minor*, Spix Av. Bras. L p. 67. — Pelz. Orn. Bras. p. 201 Anm. — *Molothrus niger*, Gould u. Darw. Voy. Beagle Zool. III. p. 107. — *Icterus violaceus*, Wied Beitr. III b. p. 1212. — Euler J. f. O. 1867 pp. 189, 190, 194.

5 Stück (1 ♂ ad. und 4 ♀♀ oder juv.).

	Long. tot.	al.	caud.	rostr.	tars.
	Mm.	Mm.	Mm.	Mm.	Mm.
1) ♂ ad.	190	116	83	17	27
2) 4 ♀♀ an juv. .	180—197	99—111	68—78	15—17	26—26½
3) ♂ ad. Buenos Ayres in coll. mea	207	115	83	16½	27½

Der Vogel aus Buenos Ayres, dessen Maasse ich hier zur Vergleichung gebe, stimmt in jeder Beziehung mit dem ♂ aus Blumenau überein. Ein junges ♂ aus Blumenau im Uebergangsgefieder hat nur violettblauen Kopf und Hals während die übrigen Körpertheile noch grau wie bei den jungen Vögeln gefärbt sind,

*) Wohl zu *C. affinis* gehörig. —   H. v. B,

doch kommen auch hier schon einzelne violettblaue Federn zum
Vorschein. Die Weibchen oder jüngeren Vögel stimmen zu der
von Cassin und Anderen gegebenen Beschreibung des betreffenden
Kleides.

Was die Synonymie anbetrifft, so hat Dr. Finsch (P. Z. S.
1870 p. 577) mit Recht darauf hingewiesen, dass Cassin im Irrthum
befangen war als er den Lichtenstein'schen Namen „*Icterus sericeus*" sowie verschiedene andere der älteren Autoren, die sicher
alle zu *M. bonariensis* gehören, auf einige neue von ihm beschriebene
Molothrus-Arten zu deuten suchte. Cassin's *M. sericeus* ist, nach
seiner Beschreibung zu urtheilen, eine von dem hier in Rede stehen-
den *M. bonariensis* sehr verschieden gefärbte Species. Herr v. Pelzeln, der die Güte hatte, das Männchen aus Blumenau mit den
Exemplaren Natterer's zu vergleichen, theilt mir mit, dass es mit
jenen übereinstimmt; der *M. sericeus*, Pelz. Orn. Bras. p. 200 gehört also ebenfalls hierher und nicht etwa zu der von Cassin beschriebenen Species. Herr v. Pelzeln erwähnt in der Anmerkung
ein Exemplar des Wiener Museums aus Buenos Ayres, welches er
zu *bonariensis* Gmel. rechnet und für verschieden von *sericeus* hält;
er schreibt mir, dasselbe gehöre einer nahe verwandten, aber
grösseren Art an, welche er jedoch noch näher vergleichen müsse.

Sollte sich hier wirklich eine andere Species herausstellen, so
würden bei Buenos Ayres z w e i nahe verwandte Arten vorkommen,
denn mein Exemplar von dort ist sicher mit der Blumenauer Species identisch.

[? V e n e z u e l a (Mus. Hein.). — (?) P e r u (Tschud.). — B r a -
s i l i e n: M e x i a n a (Wallace), S a n t a r e m (Natterer); B o r b a
(Natt.); G o i a z, C u y a b a und T e n e n t e B o r g e s (Natt.); B a -
h i a (Wied); in den Campos von M i n a s G e r a e s gemein (Burm.
und Reinh.); P a r a h y b a und C a b o F r i o, häufig (Wied), N e u -
F r e i b u r g, häufig (Burm.), C a n t a g a l l o (Euler); Prov. S a o
P a u l o, häufig (Natt.); B l u m e n a u (Schlüter). — P a r a g u a y
(Azara). — B o l i v i a (Mus. Sclat.). — A r g e n t i n i e n, überall
sehr gemein (Burm., Huds. und Andere): in den weniger bevöl-
kerten Gegenden des Südens minder häufig (Sternberg). — C h i l e l?
(Mus. Sclat.).]

NB. Wie weit die Verbreitung von *M. bonariensis* sich nach
Norden erstreckt, ist schwer zu bestimmen, weil sein nördlicher
Vertreter *M. Cassini* Finsch (= *discolor* Cass. nec Vieill.) wegen
der grossen Aehnlichkeit mit *bonariensis* wahrscheinlich oft mit jenem

verwechselt worden ist. Der im Mus. Hein. angegebene Fundort „Venezuela" möchte wohl auf *Cassini* Bezug haben. Die Localitätsangabe „Chile" im Mus. Sclat. ist wohl auch irrthümlich!

28. *Cassidix oryzivora* (Gmel.). — Azara nr. 60.

Sclat. P. Z. S. 1859 p. 140. — Sclat. u. Salv. P. Z. S. 1867 pp. 573, 978 et 1869 p. 252. — Cass. Proc. Ac. N. Sc. Philad. 1866 p. 416. — Pelz. Orn. Bras. p. 432. — *Cassicus niger* Daud.— Wied Beitr. III. p. 1241. — *Scaphidurus ater* (Vieill.). — Burm. S. U. III. p. 278. — *Cassidix ater* (Vieill.), Cass. Proc. Ac. N. Sc. Philad. 1866 p. 415. — Pelz. Orn. Bras. pp. 201, 432.

2 Stück ($ ad?).

	Long. tot. Cm.	al. Mm.	caud. Mm.	rostr. Mm.	tars. Mm.
2 St. Blumenau	34—34½	185—188	140	35	41

	Long. tot. Cm.	al. Mm.	caud. Mm.	rostr. Mm.
2 St. Yurimaguas, Ost-Peru (Pöppig) in Mus. Lips.	33	180—193	140—142	37—37½

tars. 45—47 Mm.

Beide Blumenauer Exemplare stimmen in der Färbung überein. Der eine Vogel hat an der Schneide des Oberschnabels (etwa in der Mitte desselben) einen starken Absatz oder Zahn, wovon bei dem anderen keine Spur zu sehen ist. 2 Exemplare aus Ost-Peru (Pöppig) haben auch keinen Absatz am Rande des Oberschnabels; sie besitzen viel breitere Stirnschilder und der Schnabel ist mehr gebogen und etwas länger als bei den Blumenauer Vögeln; doch scheint die Schnabelform bei *C. oryzivora* überhaupt sehr zu variiren, und es befindet sich unter den mir vorliegenden Exemplaren nicht eins, welches in dieser Beziehung vollkommen mit einem anderen harmonirte. In der Färbung stimmen die Peruaner mit den Blumenauern gut überein. Ich sehe keinen Grund ein, weshalb man den Gmelin'schen Namen „*oryzivorus*" beseitigen müsste. Latham's Beschreibung, worauf Gmelin's *oryzivorus* basirt, passt recht gut auf unsere Species. Wenn letzterer etwas kleine Maasse giebt, so lässt sich dies zum Theil dadurch erklären, dass der Schwanz seines Exemplars defect war, wie er ausdrücklich erwähnt. Jedenfalls gehören wohl auch die Vögel hierher, welche Cassin unter „*oryzivora* Gmel." aufführt.

Ob die von Cassin als „*C. mexicanus* Less." abgetrennte klimatische Form der *C. oryzivora* wirklich als artlich verschieden zu betrachten ist, kann ich jetzt nicht untersuchen; Sclater und Salvin scheinen hierin nicht mit Cassin übereinzustimmen. Die geographische Verbreitung der *C. mexicana* würde sich von Süd-Mexico bis Panama erstrecken.

[*C. oryzivora:* B o g o t a (Sclat., Cass.). — E c u a d o r: P a l l a - t a n g a (Fraser). — V e n e z u e l a (Göring u. Mus. Hein.). — G u i a n a (Schomb.). — S u r i n a m (Mus. Hein.). — C a y e n n e (Cass.). — O s t - P e r u (Pöppig und Hauxwell). — W e s t - P e r u (Tschud.). — B o l i v i a (Mus. Vindob.). — P a r a g u a y (Azara). — Aus ganz B r a s i l i e n bekannt, südlich bis B l u m e n a u (Schlüter) verbreitet.]

29. *Synallaxis ruficapilla* Vieill.

Burm. S. U. III. p. 38 part. — Sclat. P. Z. S. 1856 p. 97 et 1859 p. 192. — Pelz. Sitzungsb. Wien. Ac. 1859 p. 116. — ? Burm. La Plata-Reise sp. 102. — Pelz. Orn. Bras. pp. 35, 410. — Reinh. Bidr. in V. M. 1870 p. 385 sub *S. frontalis.* — ? Gould u. Darw. Voy. Beagle Zool. III. p. 79 (excl. syn. Spix). — *Synallaxis cinereus,* Wied Beitr. III. p. 685.

2 Stück (♂ ad.?), in der Färbung vollkommen unter sich übereinstimmend.

Long. tot.	al.	caud.	rostr.	tars.
Mm.	Mm.	Mm.	Mm.	Mm.
140—157	54—55$^1/_2$	75—81	12—12$^1/_2$	20—21

[? B r i t. G u i a n a (Schomb.). — (?) O s t - P e r u (Tschud.). — B r a s i l i e n: P a r a (Licht.); W a l d s t r a s s e des Cpt. F i l i s - b e r t o (Wied); Prov. S a o P a u l o: Y p a n e m a, C u r y t i b a, Y t a - r a r é — häufig (Natt.); B l u m e n a u (Schlüter). — ? M a l d o n a d o, Juni, selten (Darw.). — ? S a n t a F é in E n t r e R i o s, gemein (Darw.). — ? L a P l a t a - S t a a t e n: bei P a r a n a, nicht häufig (Burm.), B u e n o s A y r e s (Darw.).]

NB. Wegen der häufigen Verwechselung der *S. ruficapilla* mit nahe verwandten Arten ist es schwer, die geograph. Verbreitung festzustellen. Tschudi's Vogel aus Ost-Peru scheint hierher zu gehören; dieser Reisende sagt jedoch, die Schwanzfedern hätten glänzend schwarze Schäfte, während sie bei meinen Exemplaren rothbraun wie die Fahnen gefärbt sind. In Minas wurde *ruficapilla* weder von Lund noch Reinhardt gefunden, es möchten deshalb Burmeister's Exemplare aus Lagoa Santa und Congonhas zu *S. frontalis* Natt. gehören; was Burmeister als Weibchen der *rufica-pilla* beschreibt, ist eben *S. frontalis,* und dürften somit alle von

ihm gesammelten Exemplare Weibchen in seinem Sinne
sein. — Azara's Nr. 236 und 237 scheinen zu *frontalis* Natt. zu gehören. Sclater erhielt aus Argentinien bisher nur *S. Spixi* und
vermuthet daher, dass Burmeister's *ruficapilla* (La Plata-Reise p.
468) zu dieser Art gehören möchte; dadurch werden auch Darwin's Fundörter unsicher.

30. *Anabatoïdes fuscus* (Vieill.).

Burm. S. U. III. p. 24. — Reinh. Bidr. in V. M. 1870 p. 377
sp. 281. — *Xenops anabatoïdes* Temm. — Pelz. Sitzungsber. 1859
p. 132. — Pelz. Orn. Bras. pp. 41, 411.

1 Stück. Die Beschreibung Burmeister's passt ziemlich gut
auf dies Exemplar, nur muss ich bemerken, dass bei letzterem die
Kehle fast rein weiss (mit sehr schwachem gelblichen Anflug) gefärbt ist und ebenso der Streifen hinter dem Auge; Nackenring
und Zügel dagegen sind stark rostgelblich gemischt. Oberkopf
und Backen sind viel dunkler als der Rücken und fallen mehr in's
Kastanienbraune. Herr Dr. Cabanis hat übrigens diesen Vogel mit
den im Berliner Museum befindlichen Exemplaren verglichen und
schreibt mir, dass er mit denselben übereinstimme.

Long. tot. 190 Mm. al. 95 Mm. caud. 85 Mm. tars. 22 Mm.

[Campos von Minas Geraes: Sete Lagoas (Burm.). — Prov.
Rio: Parahyba, Parahybuna und Cantagallo (Lund). —
Prov. Sao Paulo (Licht.): Mattodentro und Ypanema
(Natterer). — Sta. Catharina: Blumenau (Schlüter).]

31. *Dendrocolaptes picumnus* Licht.

Sclat. P. Z. S. 1868 p. 56. — Pelz. Orn. Bras. pp. 43, 412. —
Reinh. Bidr. in V. M. 1870 p. 376 sp. 278. — *Dendrocolaptes pla-
tyrostris*, Spix Av. Bras. I. p. 87. — *Dendrocopus platyrhynchus*,
Burm. S. U. III. p. 9.

1 Stück.

Long. tot.	al.	caud.	rostr.	tars.
26¼ Cm.	119 Mm.	115 Mm.	38 Mm.	27 Mm.

[Prov. Rio: Rio Janeiro (Spix und Natt.), Registo do
Sai (Natt.), Neu-Freiburg (Lund). — Minas Geraes: La-
goa Santa, Sete Lagoas, Paracatú (Lund und Reinh.). —
Rio Paranaiva in Matto Grosso (Natt.). — Prov. Sao
Paulo: Ypanema, häufig, und Ytararé (Natt.). — Sta. Ca-
tharina: Blumenau (Schlüter).]

32. *Xiphocolaptes albicollis* (Vieill.).

Pelz. Orn. Bras. pp. 43, 412. — Hamilt. Ibis 1871 p. 304. —

Hans v. Berlepsch:

Dendrocolaptes decumanus Licht. — Spix Av. Bras. I. p. 86. — Burm.
S. U. III. p. 10. — *Dendrocolaptes guttatus*, Wied Beitr. III. p. 1120.
    1 Stück.

Long. tot.	al.	caud.	rostr.	tars.
50 Cm.	127 Mm.	122 Mm.	47 Mm.	31 Mm.

Lafresnaye sagt in seiner Diagnose: „rostro supra mediocro
arcuato, falciformi, subtus fere recto", an meinem Exemplar ist
aber auch der Unterschnabel sehr deutlich gebogen.

[Rio Espirito Santo und Cabo Frio (Wied), Neu-
Freiburg (Burm.), Rio Janeiro (Wied und Natt.), Registo
do Sai (Natt.); Sao Paulo (Licht. und Hamilt.), Ypanema,
häufig, und Curytiba (Natt.); Blumenau (Schlüter). — (?) Bolivia (Gray Handl.). — (?) Argentin. Republ. (Gray Handl.).]
            33. *Oxyrhamphus flammiceps* (Temm.).
Burm. S. U. III. p. 33. — Pelz. Orn. Bras. pp. 42, 412.
    2 Stück, wie es scheint ♂ und ♀.

Long. tot.	al.	caud.	rostr.	tars.
168—175 Mm.	96—99 Mm.	66—70 Mm.	16 Mm.	20 Mm.

Der Vogel, den ich für ein ♀ halte, ist in allen Dimensionen
etwas kleiner als der andere, die schwarzen Flecken auf der Brust
sind verwaschener und länglicher, das Roth der Scheitelmitte ist
weniger ausgedehnt u. s. w.

[Rio Janeiro, Mai, Juni, Rio Parana, Mai — 6 Exempl.
(Natterer). — Blumenau (Schlüter).]
            34. *Thamnophilus severus* (Licht.).
Burm. S. U. III. p. 90. — Sclat. Edinb. Phil. Journ. n. s. I. p.
230 et P. Z. S. 1858 p. 208. — Pelz. Orn. Bras. pp. 75, 416.
    3 Stück (2 ♂ ad und 1 ♀ oder juv.).

| | Long. tot. | al. | caud. | rostr. | tars. |
	Cm.	Mm.	Mm.	Mm.	Mm.
2 ♂ . . .	20—22½	93	106—111	23—23½	34
1 ♀ oder juv.	22¾	90	111	23	33½

[Minas Geraes (Such), von Burmeister, Lund und Reinhardt dort nicht gefunden. — Prov. Sao Paulo (Licht.): Mattodentro und Ypanema, sehr häufig (Natt.). — Sta. Catharina (Burm.): Blumenau (Schlüter).]
            35. *Pyriglena leucoptera* (Vieill.).
Sclat. P. Z. S. 1858 p. 246. — Pelz. Orn. Bras. pp. 85, 419.
— Reinh. Bidr. in V. M. 1870 p. 363 sp. 260. — *Myiothera domicella* Licht. — Wied Beitr. III. p. 1058. — Euler J. f. O. 1867

pp. 189, 190, 194, 198. — *Pyriglena domicella* (Licht.). — Burm. S. U. III. p. 59. — Euler J. f. O. 1867 p. 401.

2 Stück (♂♂ ad.), in der Färbung unter sich übereinstimmend. Das eine Exemplar ist in allen Dimensionen etwas grösser als das andere; bei dem kleineren Vogel hat der verborgene weisse Rückenfleck grössere Ausdehnung.

Long. tot.	al.	caud.	rostr.	tars.
168—184 Mm.	79—83 Mm.	76—79 Mm.	16 Mm.	30—31 Mm.

[Südost-Brasilien: Bahia (Licht.); Minas Geraes, nicht häufig (Reinh.): Lagoa Santa (Lund); Cantagallo (Euler), Rio Janeiro (Natt., Mus. Sclat.), Registo do Sai (Natt.); Ypanema und Mattodentro (Natt.); Blumenau (Schlüter). — Bolivia: Chiquitos (D'Orb.).]

36. *Grallaria imperator* „Natt." Lafr.

Lafr. Rev. Zool. 1842 p. 333. — Burm. S. U. II. p. 50 Anm. — Sclat. P. Z. S. 1858 p. 280. — Sclat. u. Salv. P. Z. S. 1869 p. 418. — Pelz. Orn. Bras. pp. 91, 420. — *Myiothera grallaria* Licht. (nec Lath.), Doubl. Verz. p. 43 nr. 468 excl. syn. — *Myioturdus rex* Wied (nec aut.) Beitr. III. p. 1027 excl. syn. — Ménétr. Monogr. *Myioth.* p. 462 sp. 1. — *Colobathris imperator*, Cab. Orn. Not. I. p. 217. — *Grallaria rex*, Burm. (nec aut.) S. U. III. p. 49 excl. syn. pt. — *Myiotrichas imperatrix*, Cab. et Hein. Mus. Hein. II. p. 6 sp. 4. — *Grallaria varia part.*, Pelz. Orn. Bras. IV. p. 420.

2 Stück, nur eins davon konnte ich untersuchen.

Long. tot.	al.	caud.	rostr.	tars.
20 Cm.	132 Mm.	55 Mm.	27 Mm.	58½

Das eine Exemplar, welches ich untersuchte, stimmt gut mit den Beschreibungen Wied's und Burmeister's (ihres „*G. rex*") überein, weniger gut mit den Notizen, welche Natterer über die Färbung seines *G. imperator* gegeben hat. Um hierüber in's Klare zu kommen, schickte ich den Vogel an Herrn v. Pelzeln, welcher die Güte hatte, denselben mit den Originalen Natterer's im Wiener Museum zu vergleichen. Als Resultat seiner Untersuchung theilt mir dieser ausgezeichnete Forscher Folgendes mit:

„Ich habe den Vogel mit den beiden männlichen Original-Exemplaren von Natterer's *G. imperator* verglichen. In der Färbung sind allerdings Unterschiede vorhanden. Die Oberseite zieht an Ihrem Exemplare mehr in Oliv, die lichten Schaftstriche sind mehr gelblich, am uropygium ist eine ocherfarbene Binde (welche an Natterer's Exemplaren fehlt). Die Unterseite ist viel mehr mit

Ocher gefärbt und die Unterschwanzdecken sind fast rostgelb (bei *G. imperator* ocherfarben). Da jedoch die Dimensionen vollständig mit den von Natterer gesammelten Individuen übereinstimmen, so halte ich Ihren Vogel aus Blumenau für specifisch identisch mit *G. imperator*, und möchte vermuthen, dass die Färbungsdifferenz nur dadurch begründet sein dürfte, dass Ihr Exemplar in einer anderen Jahreszeit erlegt sei und sich im frischeren, intensiver gefärbten Gefieder vielleicht kurz nach der Mauser befinde. — *Grallaria varia* ist bedeutend kleiner und, wie ich glaube, der Vertreter der *G. imperator* im Norden Brasiliens und Guianas."

Ich habe, durch diese genauen Informationen belehrt, kein Bedenken getragen, meinen Vogel hier als „*G. imperator* Natterer" aufzuführen, und habe ferner die Synonyme „*rex* Wied", „*rex* Burm.", „*grallaria* Licht." u. s. w., deren Hierhergehörigkeit Pelzeln in Orn. Bras. p. 91 Anm. bezweifelte, abermals nach dem Vorgange von Cabanis und Sclater mit *imperator* Natt. vereinigt. — Sclater's sehr kleine Maasse (P. Z. S. 1858 p. 280) beruhen wohl auf einem Irrthum!

[Rio Grande del Belmonte (Wied). — Sierra d'Estrella bei Mandioco (Ménétr.). — Sao Paulo (Licht.): Ypanema (Natt.). — Sta. Catharina (Burm.): Blumenau (Schlüter). — Rio Grande do Sul (Mus. Hein.).]

37. *Copurus colonus* (Vieill.). — Azara nr. 180.

Sclat. P. Z. S. 1861 p. 381. — Pelz. Orn. Bras. pp. 100, 423. — Reinh. Bidr. in V. M. 1870 p. 352 sp. 243. — Hamilton Ibis 1871 p. 304. — *Platyrhynchus filicauda*, Spix Av. Bras. II. p. 12. — *Muscipeta monacha*, Wied Beitr. III. p. 925. — *Copurus filicauda*, Burm. S. U. II. p. 507. — Euler J. f. O. 1867 p. 232. — *Muscicapa monacha*, Euler J. f. O. 1867 pp. 189, 190, 193, 198. — *Copurus funebris*, Cab. u. Hein. Mus. Hein. II. (1859) p. 41 Anm. 2 (Minas Geraes) — ist junger Vogel!!

3 Stück (♂, ♀? und juv.).

	Long. tot.	al.	caud. (cum rectricibus longissimis)	caud. (sine rectr. long.)	rostr.	tars.	
	Mm.	Mm.	Mm.	Mm.	Mm.	Mm.	
1) ♂ (?)	168	83½	92	66	8½	14½	(in der Mauser.)
2) ♀ (?)	195½	79½	123	64½	9	14½	
3) juv. (?)	136	74½	—	61	9½	14½	
4) ♂ (?) Brasilien coll. mea	221	82½	143½	65	9	14½	

Die längsten Schwanzfedern überragen die kürzeren bei Nr. 1 um 79 Mm., bei Nr. 3 um 59 Mm., bei Nr. 2 scheinen sie nicht ausgewachsen zu sein.

Der Vogel, den ich für ein altes ♂ halte, stimmt völlig mit einem anderen Exemplar meiner Sammlung aus Brasilien (?) überein: Stirn und Gegend über dem Auge sind rein weiss, die hinteren Theile des Oberkopfes schmutziger weissgrau gefärbt; das ganze übrige Gefieder schwarz, auf der Oberseite reiner und glänzender, auf der Unterseite matter und bräunlicher — uropygium schneeweiss. Die zwei verlängerten Schwanzfedern sind bei beiden ♂♂ an der Spitze viel schmäler als an dem ♀(?) aus Blumenau, nämlich nur 5 Mm. breit, und die Verbreiterung von der Mitte der Feder bis zur Spitze ist eine ganz allmähliche.

Der Vogel aus Blumenau, den ich für ein ♀ ansehe, hat Stirn und Streif über dem Auge schneeweiss, dagegen den übrigen Oberkopf bis zum Nacken hinunter graubraun gefärbt (nur die Federn nach der Stirn zu haben etwas weissliche Spitzen); Bauch und Steiss schmutzig aschgrau, untere Schwanzdeckfedern schwarzbraun mit aschgrauen Spitzen. Im Uebrigen stimmt dieser Vogel in der Färbung mit den beiden ♂♂ überein, aber die Form der beiden verlängerten Schwanzfedern ist eine andere: dieselben sind etwas kürzer als bei beiden ♂♂ und ihre Fahnen erweitern sich etwa 2 Cm. vor der Spitze ziemlich schnell, so dass die Federn am Ende (an ihrer breitesten Stelle) etwa 8 Mm. breit werden. — *Copurus fuscicapillus* Sclater scheint, nach der Beschreibung zu urtheilen, sich nur auf ein solches Kleid des *C. colonus* zu beziehen!

Endlich hat Herr Schlüter einen interessanten Vogel geschickt, der wohl das Jugendkleid des *C. colonus* darstellen möchte. Derselbe hat die 2 verlängerten Schwanzfedern noch nicht, der Schwanz besteht nur aus 8 gleichlangen Federn. Die ganze Oberseite dieses Vogels ist einfarbig schwarz, auf Kopf und Rücken ziemlich rein und glänzend; die Unterseite ist ganz wie bei den oben beschriebenen ♂♂ gefärbt (also nicht mit aschgrauem Bauche). Das uropygium ist ebenfalls schwarz, doch zeigen sich hier z w e i F e d e r - c h e n , w e l c h e a n i h r e r S p i t z e n h ä l f t e s c h n e e w e i s s g e - f ä r b t s i n d. — Herr Dr. Cabanis, welcher so liebenswürdig war, diesen Vogel mit dem Typus von *Copurus funebris* Cab. u. Hein. im Berliner Museum zu vergleichen, schreibt mir, dass sowohl mein Exemplar wie das Original von *Copurus funebris* entschieden nur junge Vögel des *C. colonus* seien! Ein ebensolcher Vogel, bemerkt

Herr Dr. Cabanis, wurde von Herrn Euler in Cantagallo gesammelt,
und es befand sich auch bei diesem im uropygium eine weisse
Feder.

[Wenn *C. fuscicapillus* Sclat. nicht hierher gehört, so erstreckt
sich die geographische Verbreitung über: Ecuador, Quijos
(Verr.). — Ost-Peru (Tschud.). — Brasilien: Bahia (Wied
u. Licht.); Engenho do Gama in Matogrosso (Natt.); Prov.
Minas Geraes, gemein (Reinh.); Prov. Rio Janeiro, gemein
(Wied, Burm., Spix, Natt., Euler); Prov. Sao Paulo, häufig
(Natt. u. Hamilt.); Blumenau in Sta. Catharina (Schlüter). —
Paraguay, selten und nur im Winter (Azara).]

38. *Machetornis rixosa* (Vieill.). — Azara nr. 197.

Burm. S. U. II. p. 514. — Id. La Plata-Reise sp. 69. — Sclat.
et Salv. P. Z. S. 1868 pp. 142, 168. — Pelz. Orn. Bras. pp. 100,
423. — Reinh. Bidr. in V. M. 1870 p. 352 sp. 242. — *Muscicapa
joazeiro*, Spix Av. Bras. II. p. 17. — *Muscicapa miles*, Wied Beitr.
III. p. 850.

1 Stück (♀?). — Dies Exemplar stimmt gut mit der vom
Prinzen Wied gegebenen Beschreibung eines weiblichen Vogels
überein, nur sind bei meinem Vogel keine roströthlichen Ränder
an den Schwungfedern vorhanden und der Unterrücken ist kaum
heller als der Oberrücken gefärbt; auch sind die Seitenfedern des
Scheitels sowie Backen und Hinterhals viel heller und graulicher
als der Rücken. — Pelzeln sagt (Orn. Bras. p. 100), es bestehe
kein Unterschied zwischen ♂ und ♀!

Long. tot.	al.	caud.	rostr.	tars.
190 Mm.	95 Mm.	82 Mm.	18½ Mm.	30½ Mm.

[Venezuela: Caracas (Göring). — Peru (ein Exemplar
von dort in Berlin gesehen — H. v. B.). — Bolivia (D'Orb. und
Mus. Sclat.). — Paraguay (Azara). — Brasilien: Bahia
(Wied u. Mus. Sclat.); Nazareth das Farinhas am Jagoa-
ripa (Wied); Pernambuco (Swains.); Minas Geraes: Paracatú an der Grenze von Goyaz (Lund); Cuyaba (häufig) und
Matogrosso (Natt.); Joazeiro am R. S. Francisco (Spix);
Blumenau in Sta. Catharina (Schlüter). — Argentinien:
bei Parana häufig und nistend (Burm.); Conchitas (Hudson).]

39. *Platyrhynchus mystaceus* Vieill. — Azara nr. 173.

Pelz. Orn. Bras. pp. 100, 423. — Reinh. Bidr. in V. M. 1870
p. 352 sp. 241. — *Platyrhynchus cancroma*, Temm. Pl. Col. 12 f. 2.
— Burm. S. U. II. p. 500.

2 Stück (♂ ad. u. ♀ oder jun.). — Das alte ♂ hat einen ganz hell rothbraunen Oberschnabel, während derselbe bei'm ♀ sive jun. schwarzbraun gefärbt ist. Letzteres zeigt nur ganz schwache Spuren eines gelben Scheitels, der Schnabel ist bei ihm bedeutend kleiner, der weisse Streif über dem Auge reiner und die Oberseite ist dunkler als bei dem ♂ und zieht etwas in's Olivengrüne. Kehle und Bauchmitte sind am ♂ sehr weisslich gefärbt, am ♀ stark rostgelb überflogen.

	Long. tot.	al.	caud.	rostr.	tars.
	Mm.	Mm.	Mm.	Mm.	Mm.
♂ ad. . .	92	54	30	11	16½—17
♀ an juv.	84	48	27	10	15

[Bahia (Licht.). — Prov. Minas Geraes: Lagoa Santa (Reinh.), Sete Lagoas (Burm. und Reinh.). — Prov. Rio: Rio Janeiro (Natt. u. Lund). — Prov. Sao Paulo: Ypanema (Natt. u. Lund). — Prov. Sta. Catharina: Blumenau (Schlüter). — Paraguay (Azara).]

NB. Ob die nördliche Form (aus Süd-Mexico und Central-Amerika) *Pl. cancrominus* Sclat. u. Salv. von *cancroma* specifisch verschieden sei, was Pelzeln bezweifelt, kann ich nicht sagen, weil ich keine Exemplare von dort zur Vergleichung habe.

40. *Myiobius naevius* (Bodd.).

Pelz. Orn. Bras. pp. 114, 426. — Reinh. Bidr. in V. M. 1870 p. 332 sp. 214. — Sclat. u. Salv. P. Z. S. 1868 p. 142. — *Platyrhynchus chrysoceps*, Spix Av. Bras. II. p. 10. — *Muscipeta chrysoceps*, Wied Beitr. III. p. 940. — *Myiobius auriceps*, Gould u. Darw. Voy. Beagle III. p. 47. — *Muscipeta virgata* (Gmel.). — Burm. S. U. II. p. 486. — Id. P. Z. S. 1866 p. 2. — Euler J. f. O. 1867 p. 229. — Sternberg J. f. O. 1869 p. 261.

2 Stück. Beide gleichgefärbt: mit lebhaft gelber Scheitelmitte (bei dem einen Exemplare etwas lebhafter orangegelb als bei dem anderen, wo sie mehr hellgelb erscheint) und breiten bräunlichen Schaftstrichen auf den Federn des Unterhalses und der Brustseiten. — Da Burmeister sagt, dass alte ♂♂ einen feuerrothen Scheitel bekommen, so möchten meine Exemplare wohl Weibchen oder junge Männchen sein.

	Long. tot.	al.	caud.	rostr.	tars.
2 Stück:	120—133 Mm.	63 Mm.	58 Mm.	12 Mm.	16 Mm.

[Veragua: Santa Fé und Calovevora (P. Z. S. 1867 p. 148, 1870 p. 198). — Magdalena-Thal: Ocaña, gemein

(Wyatt Ibis 1871 p. 333). — Venezuela: Carupano (Göring).
— Trinidad (Mus. Sclat.). — Cayenne (Buff.). — Peru:
Unterer Ucayali (Bartlett). — Bolivia: Moxos, Chiqui-
tos, Yungas (D'Orb.). — Brasilien: Minas Geraes: La-
goa Santa, Sete Lagoas, Tejuco (Lund und Reinh.), Con-
gonhas (Burm.); Rio Janeiro, häufig (Natt., Wied, D'Orb.),
Neu-Freiburg (Burm.), Cantagallo (Euler); Cuyaba in
Matogrosso (Natt.); Ypanema (Natt.); Blumenau (Schlüter).
— Argentinien: Buenos Ayres, selten (Burm.; im August
— Darwin; brütend — Sternberg), Conchitas, nur im Sommer
(Hudson).]

NB. Nach Sclat. und Salv. (P. Z. S. 1868 p. 142) wäre die
bei Buenos Ayres vorkommende Form etwas grösser als die nördliche und vielleicht specifisch verschieden! — Darwin's Maasse
sind jedoch nicht grösser als die der Blumenauer Vögel, welche
ich oben gegeben habe.

41. *Pitangus Maximiliani* (Cab. u. Hein.).

Pelz. Orn. Bras. pp. 111, 425. — Reinh. Bidr. in V. M. 1870
p. 339 sp. 220. — *Muscicapa pitangua*, Wied Beitr. III. p. 838. —
Euler J. f. O. 1867 pp. 189, 193, 198. — *Saurophagus maximiliani*,
Cab. u. Hein. Mus. Hein. II. p. 63. — Finsch P. Z. S. 1870
p. 571.

1 Stück, in sehr schlechtem Zustande, wurde von Herrn Dr.
Cabanis, dem ich dasselbe zur Ansicht sandte, als „wahrscheinlich
zu *Maximiliani* gehörig" bestimmt. — Dieses Exemplar hat sehr
abgeriebenes Gefieder.

Long. tot.	al.	caud.	rostr.	tars.
21,2 Cm.	109 Mm.	81 Mm.	28 Mm.	23 Mm.

P. bellicosus (Vieill.)?

	Long. tot.	al.	caud.	rostr.	tars.
	Cm.	Mm.	Mm.	Mm.	Mm.
1) Süd-Brasilien coll. mea	24,6	119	93	31	27
2) Süd-Brasilien coll. mea	24,3	125	96	$30^1/_2$	$26^1/_2$

Ich muss gestehen, dass mir die artliche Verschiedenheit des
P. Maximiliani von *P. bellicosus* (Vieill.) nicht recht einleuchten
will; auch ist es mir noch zweifelhaft, ob *P. sulphuratus* eine dritte
von den eben genannten Arten verschiedene Species ausmache,
oder sich nicht vielmehr auf frisch vermauserte junge Vögel derselben Species beziehen möchte. Die Hauptbedenken liegen für
mich in der geographischen Verbreitung dieser Arten, denn alle

drei so ausserordentlich nahe verwandte Formen sollen in Südost-Brasilien gemeinschaftlich vorkommen, nämlich:

1) *sulphuratus* bei Rio Janeiro (Exp. Novara), — auch Bolivia und Argentinien (Gray Handl.) u. s. w.;

2) *maximiliani* in Nord- und Südost-Brasilien: Minas Geraes (Reinh.) u. s. w.;

3) *bellicosus* in Minas Geraes (Burm. Syst. Ueb.), Sao Paulo (Natt.), — auch Bolivia (Mus. Brit.) u. s. w.

P. bellicosus soll sich von *maximiliani* nur durch bedeutendere Grösse unterscheiden, doch beweisen die Maasse, welche Pelzeln für die von Natterer gesammelten Exemplare notirt, dass es Vögel giebt, welche zwischen der kleinen und der grossen Form gewissermassen eine vermittelnde Stellung einnehmen; auch die oben notirten Maasse zweier Exemplare aus Süd-Brasilien in meiner Sammlung (wohl zu *bellicosus* gehörig) zeigen eine Abstufung. Ueber *sulphuratus* L. sagt Finsch, er unterscheide sich von *Maximiliani* nur durch die schmutziger gefärbte Stirn. Uebrigens masse ich mir bis jetzt über die Dignität dieser Species durchaus kein endgültiges Urtheil an, weil ich nur wenige Exemplare untersucht habe, aber ich hoffe durch meine Bemerkungen zu weiteren Untersuchungen anzuregen, die dann vielleicht zu einer besseren Begründung der Arten führen möchten! — Die geographische Verbreitung des *P. maximiliani* dürfte sich unter den gegenwärtigen Verhältnissen kaum mit Sicherheit feststellen lassen!

42. *Myiodynastes solitarius* (Vieill.). — Azara nr. 196.

Cab. u. Hein. Mus. Hein. II. p. 74. — Sclat. P. Z. S. 1859 p. 43. — Pelz. Orn. Bras. pp. 112, 425. — Reinh. Bidr. in V. M. 1870 p. 338 sp. 218. — *Tyrannus audax*, Wied (nec aut.) Beitr. III. p. 889. — Euler J. f. O. 1867 pp. 189, 190, 194, 198. — *Scaphorhynchus audax*, Burm. (nec aut.) S. U. II. p. 459. — Euler J. f. O. 1867 p. 225.

1 Stück, sehr schlechter Balg.

	Long. tot.	al.	caud.	rostr.	tars.
	Cm.	Mm.	Mm.	Mm.	Mm.
1) Blumenau	22,2	106	84	31	18
[2) Süd-Brasilien, coll. mea	21,3	111	92	23	18½]

[Ost-Peru (Tschud. und Bartlett), Pebas (Hauxwell). — Bolivia: Santa Cruz de la Sierra und Chiquitos, selten (D'Orb.). — Brasilien: Marabitanas und Barra do Rio negro (Natt.); Rio dos Piloens (Natt.); Muribeca am Itabapuana (Wied); Minas Geraes, überall, aber nirgends häufig (Reinh.); Rio Janeiro (Natt.), Cantagallo (Euler), Neu-Freiburg, häufig (Burm.); Prov. Sao Paulo: Goyao, Ypanema, Curytiba (Natt.); Blumenau (Schlüter). — Paraguay (Azara).]

43. *Tyrannus melancholicus* (Vieill.). — Azara nr. 198.

Burm. S. U. II. p. 464. — Burm. La Plata-Reise sp. 53. — Euler J. f. O. 1867 p. 227. — Pelz. Orn. Bras. pp. 117, 426. — Reinh. Bidr. in V. M. 1870 p. 328 sp. 209. — Finsch P. Z. S. 1870 p. 572. — *Muscicapa furcata*, Spix Av. Bras. II. p. 15. — *Tyrannus furcatus*, Wied Beitr. III. p. 884. — Euler J. f. O. 1867 pp. 189, 190, 194, 198. — *Tyrannus satrapa* (Licht.).]

10 Stück. — Darunter befindet sich ein sehr junger Vogel, welcher folgendermassen gefärbt ist: Oberseite hell graugrünlich, die Federn des Unterrückens und der oberen Schwanzdecken haben roströthliche Ränder; die rothe Scheitelmitte fehlt gänzlich, nur einige Federn des Scheitels sind schwach roströthlich gerandet. Die Kehle ist wie bei den alten Vögeln weissgrau gefärbt, Oberbrust etwas gelblichgrün gemischt, ganze übrige Unterseite blassgelblich, die hintersten Schwingen breit weisslich gerandet, alle übrigen Schwungfedern sowie alle oberen Flügeldeckfedern hell rostroth gesäumt; die Primärschwingen zeigen noch nicht die charakteristische Ausbuchtung an ihren Innenfahnen. Eine Beschreibung dieses Kleides finde ich nirgends, doch wird ein ähnlicher junger Vogel von Finsch (l. c.) erwähnt. — Die übrigen Exemplare stimmen unter sich ziemlich gut überein, die Kehle ist bei allen weiss-grau gefärbt; keins derselben gehört daher zu *T. albogularis* Burm., den Finsch für specifisch verschieden erklärt.

Long. tot.	al.	caud.	rostr.	tars.
Cm.	Mm.	Mm.	Mm.	Mm.
6 ad. . 20½—23½	112—115½	90—102	23—25	17½—18½
4 jun. 20—21¼	106—109	86—89	21—23	17—18½

[Verbreitet sich von Süd-Mexico durch Central-Amerika über den ganzen südamerikanischen Continent (auch auf den Inseln Trinidad und Tobago vorkommend); sie überschreitet im Westen die Anden (südlichste Fundörter Lima — Nation und Cosnipata — Whitely), ist in denselben bis zu einer Höhe von 9000' häufig (Whitely) und geht südlich bis Argentinien (dort häufig — Burm.; Conchitas, nur im Sommer — Hudson; Mendoza — Finsch) und Paraguay (Azara).]

44. *Pachyrhamphus viridis* (Vieill.). — Azara nr. 210.
Sclat. P. Z. S. 1857 p. 75. — Pelz. Orn. Bras. pp. 120, 427. — Reinh. Bidr. in V. M. 1780 p. 322 sp. 205. — *Pachyrhynchus Cuvieri*, Spix Av. Bras. II. p. 33. — Swains. Nat. Libr. Flycatch. p. 85 pl. 4 (♂ junior). — *Muscipeta nigriceps*, Wied Beitr. III. p. 914. — *Muscicapa nigriceps*, Euler J. f. O. 1867 pp. 189, 190, 193, 198. — *Pachyrhamphus nigriceps*, Burm. S. U. II. p. 454. — Euler J. f. O. 1867 p. 224.

1 Stück, altes Männchen, stimmt völlig mit der Beschreibung des Prinzen Wied überein, nur haben die inneren Fahnen aller Schwungfedern keine weisslichen (wie Wied angibt), sondern recht lebhaft hellgelbe und sehr breite Säume. An meinem Männchen (welches sehr alt zu sein scheint, denn die 2. rudimentäre Schwinge ist vollkommen entwickelt) ist die ganze Unterseite von dem lebhaft gelben Brustbande an röthlich lehmgelb gefärbt. Ein ♂ des Leipziger Museums (aus Brasilien) besitzt die 2. rudimentäre Schwinge noch nicht. In der Färbung der Oberseite stimmt dasselbe völlig mit dem Blumenauer Vogel überein, nur ist das Weiss an der Stirn bei ersterem ein wenig schmäler und beschränkt sich fast ganz auf die Nasendeckfedern. Was die Färbung der Unterseite betrifft, so sind Kehle und Backen etwas reiner weiss und das Gelb der Brust sowie der unteren Flügeldeckfedern ebenfalls etwas heller gefärbt als bei meinem Vogel. Unterbrust, Bauch und untere Schwanzdeckfedern sind bei dem Exemplare des Museums schmutzig weiss, nur die Bauchmitte schwach lehmgelblich überflogen. Der Schnabel ist bei meinem Vogel etwas breiter und länger; im Uebrigen stimmen beide Exemplare völlig überein. Aus dem Gesagten scheint mir aber hervorzugehen, dass die röthlich-lehmgelbe Färbung des abdomen nur dem alten Männchen eigenthümlich ist, und dass die jüngeren Männchen hier weisslich gefärbt sind. — In Bezug auf die weissliche Färbung des abdomen stimmt ein weiblicher (oder junger) Vogel im Leipziger Museum (aus Brasilien) mit dem dort befindlichen jungen ♂ überein. Diesem ♀ fehlt ebenfalls die rudimentäre Schwinge, die kleinen Federn vor der Stirn sind nicht weiss, sondern wie der ganze übrige Oberkopf grau-grün gefärbt, die dem Rücken am nächsten liegenden kleinen oberen Flügeldecken sind wie dieser grün, alle übrigen oberen Flügeldeckfedern hell rostroth gefärbt, die Schwungfedern haben mehr graugrüne Ränder; alles Uebrige wie bei dem jungen ♂. — Schliess-

lich bemerke ich noch, dass Herr Dr. Cabanis den Vogel aus Blumenau im Berliner Museum als altes Männchen des *P. viridis* bestimmt hat.

	Long. tot. Mm.	al. Mm.	caud. Mm.	rostr. Mm.	tars. Mm.	
1) ♂ ad. Blumenau	146	75	65	14½	18	(Balg)
2) ♂ jun. Brasil. Mus. Lips.	135	68	53	13	17½	ausgestopft
3) ♀ an juv. Brasil. Mus. Lips.	135	68½	52	12½	18½(?)	ausgestopft

[Bahia (Wied, Licht., Burm.), Camamu (Wied). — Saugrador, Cuyaba und Engenho do Gama in Matogrosso (Natt.). — Minas Geraes: Lagoa Santa (Lund u. Reinh.). — Rio Janeiro (Natt. u. Lund), Cantagallo (Euler). — Ypanema und Curytiba in Sao Paulo (Natt.). — Blumenau in Sta. Catharina (Schlüter). — Rio Grande do Sul (Mus. Hein.). — Paraguay (Azara).]

45. *Pachyrhamphus rufus* (Bodd.).

Buff. Pl. Enl. 453 f. 1. — *Muscicapa rufa* Bodd. — *Muscicapa rufescens* Gmel. — *Pachyrhynchus rufescens*, Spix Av. Bras. II. p. 34 tab. 46 f. 2. — *Tityra castanea*, Jard. u. Selby, Ill. Orn. pl. X. f. 2. — *Muscipeta aurantia* Wied (nec aut.) Beitr. III. b. (1831) p. 911 excl. syn. — Descr. orig. ♂ u. ♀. — *Pachyrhynchus ruficeps*, Swains. Anim. in Menag. (Two Cent. et a Quart.) (1838) p. 288 descr. orig. — *Bathmidurus melanoleucus* ♀ (nec ♂), Cab. Orn. Not. I. in Wiegm. Arch. 1847 p. 244. — *Psaris melanoleucus* (♀), Bonap. Consp. I. (1850) p. 181 gen. 355 sp. 4. — *Bathmidurus melanoleucus* (♂ juv. u. ♀ juv.), Burm. Syst. Ueb. II. b. (1856) p. 451 (excl. syn. *Saltator melanoleucus* Vieill.) descr. — *Pachyrhamphus rufescens*, Sclat. P. Z. S. 1857 p. 79 descr. ♂ u. ♀. — Pelzeln Orn. Bras. II. (1869) p. 122 (Natterer's sp. 260) und IV. (1870) p. 427. — *Zetetes polychropterus* (part.), Cab. u. Hein. Mus. Hein. II. (1859) p. 87 sp. 274 part. — *Pachyrhamphus polychropterus* (part.), Sclat. Cat. Coll. Am. B. (1862) p. 242 sp. 1474 part. — *Muscicapa aurantia*, Euler J. f. O. 1867 pp. 190, 193, 198. — *Bathmidurus melanoleucus* Euler (nec aut.) Journ. f. Orn. 1867 p. 223. — *Tityra rufa*, Gray Handl. birds I. (1869) p. 369 sp. 5612. — *Muscicapa poliauchenia* Temm. — Natt. Catal. msc. — *Psaris rubiginosa*, Natt. Catal. msc.

1 Stück eingesandt. Dasselbe stimmt genau mit der Beschreibung des Prinzen Wied (seiner *Muscipeta aurantia*) überein, ebenso mit den Beschreibungen Burmeister's, Swainson's und Anderer. Die 2. rudimentäre Schwinge ist nicht vorhanden; der Vogel ist etwas in der Mauser.

Long. tot.	al.	caud.	rostr.	tars.
146 Mm.	75 Mm.	65 Mm.	12½ Mm.	18 Mm.

[Habitat: ? Cayenne (Buff.). — Parà (Spix). — Cantagallo (Euler), Neu-Freiburg (Burm.). — Pahor, Ypanema und Curytiba in Sao Paulo (Natter.). — Blumenau (Schlüter). — (?) Rio Grande do Sul (Mus. Hein.).]

Meiner Meinung nach kann es jetzt keinem Zweifel mehr unterliegen, dass der Vogel, auf den sich die obenstehende Synonymie bezieht, als eine selbstständige gute Art (deren ♂ dem ♀ ganz ähnlich und rostroth gefärbt ist) und nicht etwa als das Weibchen oder junge Männchen des *polychropterus* betrachtet werden müsse. Wir haben jetzt eine Menge triftiger Beweise dafür:

1) Prinz Wied beschreibt unter *Muscipeta aurantia* unseren Vogel und sagt, dass ♂ und ♀ nur wenig verschieden gefärbt seien (Wied Beitr. p. 911).

2) Sclater erhielt ganz ebenso gefärbte Vögel, bei denen die rudimentäre 2. Schwinge vorhanden war, eine Eigenthümlichkeit, die erfahrungsmässig nur den alten ♂♂ der *Pachyrhamphus*-Arten zukommt (P. Z. S. 1857 p. 79).

3) Natterer sammelte solche Vögel, die er in seinem Kataloge als besondere Art aufführt. 2 von ihm gesammelte Männchen besassen ebenfalls die rudimentäre 2. Schwinge (Pelz. Orn. Bras. p. 122).

4) Euler*) beobachtete die „*Muscipeta aurantia* Wied" (Euler bestimmte damals seine Vögel nur nach Wied's Beiträgen) bei dem Brutgeschäft.

5) Das Weibchen von *P. polychropterus* scheint nach Pelzeln's Bemerkungen (Orn. Bras. p. 123 Anm.) über die von Natterer gesammelten Exemplare dieser Species ganz anders gefärbt zu sein! — Endlich kennen wir kein Uebergangskleid von den wie *Musci-*

*) Herr Euler würde zur definitiven Lösung dieser Frage jedenfalls am ehesten im Stande sein, wenn er angeben könnte, ob die von ihm bei dem Neste beobachteten beiden Geschlechter der *M. aurantia* gleich gefärbt waren und mit der Beschreibung Wied's von Männchen und Weibchen übereinstimmten. —   H. v. B.

capu aurantia Wied gefärbten Vögeln zu den fast ganz schwarz gefiederten alten ♂♂ des *polychropterus*, im Gegentheil scheinen alle Exemplare des *P. rufus*, welche bekannt geworden sind, auf das Beste in der Färbung übereinzustimmen!

Uebrigens wundert es mich sehr, dass Sclater, der früher (P. Z. S. 1857 p. 79) ganz entschieden für die Selbstständigkeit dieser Art auftrat, dieselbe später in seinem Cat. Coll. Am. B. p. 242 wieder stillschweigend mit *polychropterus* vereinigt. Was die richtige Benennung dieser Species anbetrifft, so bin ich noch etwas im Zweifel, ob *Muscicapa rufa* Bodd. (*M. rufescens* Gmel.) wirklich hierher gehört; ich bin aber einstweilen Gray's Beispiel gefolgt und führe diesen Vogel deshalb als *P. rufus* (Bodd.) auf.

46. *Ampelio cucullatus* (Swains.).

Pelz. Orn. Bras. pp. 132, 429. — Hamilton Ibis 1871 p. 306. — *Ampelion cucullatus*, Burm. S. U. II. p. 432 descr. ♀.

2 Stück (♂ u. ♀). — Bei dem ♂ ist der ganze Kopf sowie Kehle und Gurgel bis zur Oberbrust rein schwarz, etwas glänzend, die übrigen unteren Theile und der Nackenring rein safrangelb, Ober- und Mittelrücken rein umbrabraun gefärbt. Bei dem ♀ sind die schwarzen Parthien des Kopfes und Halses sowie der gelbe Nackenring und der braune Rücken viel schmutziger und stark grün gemischt. Die Unterseite ist ebenfalls blasser gelb als bei'm Männchen, und während bei diesem nur an den unteren Schwanzdecken und der Tibienbefiederung schwarze Querwellen sich zeigen, sind dieselben bei dem Weibchen an der ganzen Bauchseite, freilich sehr verloschen, sichtbar.

	Long. tot.	al.	caud.	rostr.	tars.
	Cm.	Mm.	Mm.	Mm.	Mm.
1) ♂ Blumenau...	21½	117	98	18	23
2) ♀ Blumenau...	23	113	95	18	23
[3) ♂ (?) Süd-Brasilien coll. mea }	22,7	113	95	17	23]

[Neu-Freiburg (Burm.). — Sao Paulo (Hamilt.), Campo largo Octbr. und Rio grande 4½ Legoas von S. Paul 21. Aug. (Natter.). — Blumenau (Schlüter). — Rio Grande do Sul (Mus. Hein.).]

47. *Chasmorhynchus nudicollis* (Vieill.).

Wied Beitr. III. p. 377. — Burm. S. U. II. p. 426. — Pelz. Orn. Bras. pp. 134, 430. — Reinh. Bidr. in V. M. 1870 p. 316 sp. 197. — Hamilt. Ibis 1871 p. 306. — Salvin Ibis 1865 p. 91. —

Chasmorhynchus ecarunculatus, Spix Av. Bras. II. p. 3. — *Procnias nudicollis*, Wied Reise Bras. I. pp. 52, 60, 91, 94; II. p. 158.

3 Stück (2 ♂ u. 1 ♀ oder juv.). — Das eine Männchen ist völlig ausgefärbt, das andere hat am Rücken, an den Aussenrändern der Schwungfedern zweiter Ordnung, den oberen und unteren Flügeldeckfedern und an den Schwanzfedern stark gelblichen Anflug.

	Long. tot.	al.	caud.	rostr.	tars.
	Cm.	Mm.	Mm.	Mm.	Mm.
2 ♂ . . .	26,2	163—166	91—96	22	29¹/₂
1 ♀ oder juv.	26,4	156	96	19	28

[Südost-Brasilien, besonders in Gebirgswäldern (Wied u. Andere): Inneres der Prov. Bahia: Barra da Vareda, Rio Pardo, sehr häufig (Wied), Guarapina und St. Joao, häufig (Wied). — Cabo Frio, häufig (Wied), Serra dos Orgaos, häufig (Wied), Neu-Freiburg (Burm.), Rio Janeiro, häufig (Wied, Natter., Spix). — Minas Geraes: Lagoa Santa und Sete Lagoas (Lund u. Reinh.). — Sao Paulo: Matto-dentro und Ypanema (Natter.), Hytú (Lund). — Blumenau in Sta. Catharina (Schlüter).]

48. *Pyroderus scutatus* (Shaw). — Azara nr. 56.

Pelz. Orn. Bras. pp. 135, 430. — Reinh. Bidr. in V. M. 1870 p. 315 sp. 196. — Hamilt. Ibis 1871 p. 306 — *Coracina scutata* Temm. — Wied Beitr. III. p. 406. — Lafr. Rev. Zool. 1846 p. 276. — Burm. S. U. II. p. 417.

17 Stück. — Die rothbraunen Flecken an der Brust dehnen sich bei einigen Exemplaren bis fast zum Unterbauche aus, bei anderen sind sie dagegen auf ein schmales Band an der Oberbrust (dicht unter der feuerrothen Kehle) beschränkt; viele Vögel zeigen auch die untern Flügeldeckfedern sehr breit rothbraun gefleckt, andere wieder fast gar nicht.

		Long. tot.	al.	caud.
17 Stück.	}Blumenau}	43—55¹/₂ Cm.	23¹/₂—27¹/₄ Cm.	167—198 Mm.
P. *scutata*		rostr. 37¹/₂—46¹/₂ Mm.	tars. 42—47 Mm.	
1 Stück, Bogota (Schlüter) P. *granadensis*	}	Long. tot. 32¹/₂ Cm.°) al. 22.2 Cm. caud. 139 Mm.		
		rostr. 41 Mm. tars. 38 Mm.		
1 Stück, Venezuela: S. Esteban (Keitel) in coll. mea P. *orenocensis*	}	Long. tot. 44¹/₄ Cm. al. 22 Cm. caud. 143 Mm.		
		rostr. 38¹/₂ Mm. tars. 39¹/₂ Mm.		

*) Ist nach Art aller Bogota-Bälge sehr in der Länge durch Zusammenziehen verkürzt.

H. v. B.

[*P. scutatus*: Rio Parana (Natter.). — Minas Geraes (Lund u. Burm.). — Rio Janeiro und Registo do Sai (Natter.), Neu-Freiburg (Burm.). — Sao Paulo (Hamilt.), Mattodentro, Ypanema und Curytiba (Natt.). — Blumenau (Schlüter). — Paraguay (Azara).]

NB. *P. granadensis* Lafr. (aus Neu Granada) und *P. orenocensis* Lafr. (aus dem nördlichen Venezuela) möchten, wenn auch nicht als gute Arten, so doch als constante Localrassen von *P. scutatus* zu betrachten sein: Beide haben viel schwächere Beine und Füsse und sind (besonders *granadensis*) etwas kleiner als die brasilianische *scutata*; ausserdem scheint das Rothbraun an der Oberbrust und den unteren Flügeldeckfedern stets einen helleren Ton zu haben. Mein Exemplar der *granadensis* weist sonst nicht die mindesten Unterschiede von *scutata* auf; der Schnabel ist bei ihm eben so lang als bei einigen Blumenauern. *P. orenocensis* scheint sich noch ausser den angeführten Unterschieden durch die stets rothbraune Färbung aller Untertheile vom feuerrothen Hals bis zum Unterbauche auszuzeichnen, doch möchte die grössere oder geringere Ausdehnung dieser rothbraunen Färbung auch etwas der Variation unterworfen sein. — Diese Unterscheidungsmerkmale zwischen den drei Arten sind gar subtiler Natur, und sollten etwa später in Guiana, Nord-Brasilien oder Peru Zwischenformen gefunden werden, so möchten dieselben nicht länger aufrecht zu erhalten sein.

49. *Momotus ruficapillus* (Vieill.). — Azara nr. 52.

Schlegel Mus. d. P. — B. gen. *Momotus* p. 5. — Reinh. Bidr. in V. M. 1870 p. 124 sp. 195. — *Prionites ruficapillus* Ill. — Wied Beitr. III. p. 1257. — Burm. S. U. II. p. 411. — *Momotus cyanogaster* (Vieill.). — Sclat. P. Z. S. 1857 pp. 255, 258. — *Momotus Levaillantii* Less. — Pelz. Orn. Bras. pp. 19, 402.

1 Stück, mit den von Pr. Wied und Burmeister gegebenen Beschreibungen sehr gut übereinstimmend: Der Unterbauch in ziemlicher Ausdehnung schmutzig gelblich olivengrün gefärbt, nur der Steiss und die unteren Schwanzdecken etwas blaugrün überlaufen; das rostrothe Band an Brust und Oberbauch etwa 55 Mm. breit, der rothbraune Scheitel (vom Schnabel bis zum Nacken gemessen) 55 Mm. lang; am Schnabelrande befinden sich etwa 11 Zähne.

Long. tot.	al.	caud.	rostr.	tars.
43½ Cm.	155 Mm.	230 Mm.	40 Mm.	30 Mm.

Die äussersten Schwanzfedern sind 145 Mm. kürzer als die mittleren.

[Ost-Peru (Tschudi u. Mus. d. P.—B.). — Paraguay (Azara). — Südost-Brasilien: Porto do Rio Parana (Natter.). — Minas Geraes: Lagoa Santa (Burm. u. Reinh.), Paracatú (Lund); Rio Janeiro (Natter.), Neu-Freiburg, nicht selten (Burm.); Mattodentro und Ypanema in Sao Paulo (Natt.). — Blumenau (Schlüter).]

NB. *M. melancholicus* (Cab. u. Hein.) Mus. Hein. II. p. 115 aus Buenos Ayres(?) möchte, wenn sich die von diesen Herren angegebenen Unterschiede (von *M. ruficapillus*) als constant erweisen, sicher eine gute Species repräsentiren!

50. *Ceryle torquata* (Linn.). — Azara nr. 417 ♀; nr. 418 ♂ jun.

Darw. Voy. Beagle Zool. III. p. 42 part. — Pelz. Sitzungsber. Wien. Ac. XX. p. 514. — Cass. Cat. Halc. p. 4 sp. 2. — Pelz. Orn. Bras. pp. 23, 404. — Reinh. Bidr. in V. M. 1870 p. 123 sp. 192. — Sharpe Monogr. Alced.*) — *Alcedo cyanea* Vieill. — Wied Beitr. IV. p. 5. — *Megaceryle torquata* Reichb. — Burm. S. U. II. p. 404. — Burm. La Plata-Reise sp. 37. — *Megaceryle caesia* Reichb. — Burm. S. U. II. p. 405 Anm. 2. — *Streptoceryle torquata* Bonap. — — Cab. u. Hein. Mus. Hein. II. p. 150.

1 Stück (♀?).

| | Long. tot. | al. | caud. | rostr. | tars. |
	Cm.	Mm.	Mm.	Mm.	Mm.
1) ♀ Blumenau	44	200	121	74¹/₂	13
2) ♀ Süd-Brasilien coll. mea	41	198	124	73	13—14

Bei dem Blumenauer Exemplar ist die Färbung der unteren Flügeldeckfedern zum Theil schneeweiss und zum Theil hell rostroth, während dieselben an dem Exemplar aus Süd-Brasilien ganz rostroth gefärbt sind. Beide Exemplare stimmen sonst gut überein und entsprechen der Beschreibung, welche Wied und Burmeister für das Weibchen gegeben haben.

[Von Mexico: Jalapa (Sallé) durch Central-Amerika und über ganz Süd-Amerika (östlich der Anden) südlich bis

---

*) Sharpe's treffliche Monographie konnte ich leider noch nicht bei dieser Arbeit benutzen. Sollte aus derselben noch etwas über die geographische Verbreitung der hier aufgeführten Eisvögel nachzutragen sein, so werde ich das Versäumte bei der nächsten Gelegenheit nachholen. — H. v. B.

Paraguay (Azara) und den La Plata-Staaten: Parana (Burm.) verbreitet. — In West-Peru und von dort bis zur Magellan-Strasse wird sie durch die sehr nahe verwandte *C. stellata* (Meyen) vertreten.]

51. *Ceryle amazona* (Lath.). — Azara nr. 419 ♀; nr. 420 ♂.

Pelz. Sitzungsber. Wien. Ac. XX. p. 515. — Cass. Cat. Halc. — Pelz. Orn. Bras. pp. 23, 404. — Sharpe Monogr. Alced. pt. V. pl. 33. — Reinh. Bidr. in V. M. 1870 p. 124 sp. 193. — Finsch Abh. natw. Ver. Bremen II., 3 (1871) p. 328. — *Alcedo amazona* Lath. — Wied Beitr. IV. p. 12. — *Chloroceryle leucosticta* Reichb. — Burm. S. U. II. p. 406 Anm. — *Chloroceryle amazona* Reichb. — Burm. S. U. II. p. 405. — Burm. La Plata-Reise sp. 38. — Cab. u. Hein. Mus. Hein. II. p. 148.

2 Stück (♂ und ♀).

	Long. tot. Cm.	al. Mm.	caud. Mm.	rostr. Mm.	tars. Mm.
1) ♂ Blumenau	33	138	86	74½	12
2) ♀ Blumenau	32	140	90	65	12
[3) ♀ Süd-Brasilien coll. mea	33,3	143	90	71½	11½]

[Von Nordwest-Mexico: Mazatlan (Finsch) nach Süd-Mexico (Sallé), durch Central-Amerika, und über ganz Süd-Amerika (östlich der Anden) südlich bis Paraguay (Azara) und den La Plata-Staaten: Parana und Tucuman (Burm.) verbreitet.]

52. *Ceryle americana* (Gmel.). — Azara nr. 421.

Pelz. Sitzungsber. Wien. Ac. XX. p. 515. — Cass. Cat. Halc. p. 5. — Pelz. Orn. Bras. pp. 23, 404. — Reinh. Bidr. in V. M. 1870 p. 124 sp. 194. — Hamilt. Ibis 1871 p. 306. — Sharpe Monogr. Alced. — *Alcedo americana* Gmel. — Wied Beitr. IV. p. 17. — *Chloroceryle americana* Reichb. — Burm. S. U. II. p. 407. — Burm. La Plata-Reise sp. 39. — Cab. u. Hein. Mus. Hein. II. p. 147. — *Chloroceryle chalcites* Reichb. — Burm. S. U. II. p. 408 Anm. 1.

7 Stück (♂ und ♀ oder juv.).

	Long. tot. Cm.	al. Mm.	caud. Mm.	rostr. Mm.	tars. Mm.
5 ♂♂	19,6—22	81—85	63—67	37½—42	8½—9
2 ♀♀ oder juv.	19,3—21	83—85	60—63	33—37	8—8½

[Martinique (Belanger). — Tobago (Kirk). — Trinidad (Sclat.). — Dann von Bucaramanga (Wyatt) und Bogota (Sclat.) nördlich über das ganze Süd-Amerika östlich der Anden verbreitet, südlich bis Paraguay (Azara) und den La Plata-Staaten: Parana (Burm. u. Darw.) und Conchitas (Hudson). — In West-Peru, West-Ecuador und ganz Central-Amerika nördlich bis Texas kommt die sehr nahe verwandte *C. Cabanisi* vor.]

53. *Monasa torquata* (Hahn).

Pelz. Sitzungsber. Wien. Ac. XX. p. 512. — Pelz. Orn. Bras. pp. 23, 404. — Reinh. Bidr. in V. M. 1870 p. 121 sp. 187. — *Bucco striatus*, Spix Av. Bras. I. p. 53. — *Capito fuscus* Wied (nec aut.) Beitr. IV. p. 364 syn. part. — *Monasa fusca* Burm. (nec aut.) S. U. II. p. 290 syn. part. — *Malacoptila torquata* Sclat. Syn. Bucc. gen. 2 sp. 3. — Cab. u. Hein. Mus. Hein. IV. 1. p. 130.

1 Stück (ad.). — Die Beschreibungen von Wied und Burmeister stimmen in jeder Beziehung auf dieses Exemplar.

Long. tot.	al.	caud.	rostr.	tars.
20 Cm.	94½ Mm.	89 Mm.	28 Mm.	18 Mm.

[Bahia (Spix u. Licht.). — Rio Parahyba, nördlicher selten (Wied), Cabo Frio (Wied), Rio Janeiro (Wied u. Natt.), Registo do Sai und Sapitiba (Natt.). — Minas Geraes (Reinh.). — Mattodentro, Ypanema und Ytararé (Natter.). — Blumenau (Schlüter).]

54. *Trogon viridis* Linn.

Burm. S. U. II. p. 277. — Less. Voy. Coquille Zool. (1826) p. 617. — Pelz. Sitzungsber. Wien. Ac. XX. p. 505. — Pelz. Orn. Bras. pp. 20, 403. — Finsch P. Z. S. 1870 p. 559. — Scl. u. Salv. P. Z. S. 1870 pp. 843, 844. — *Trogon violaceus* Spix (nec Gmel.) Av. Bras. I. p. 50. — Wied Beitr. IV. p. 297. — Euler J. f. O. 1867 pp. 189, 195. — *Trogon melanopterus*, Gould Monogr. *Trog.* pl. 10 u. 11. — *Aganus viridis*, Cab. u. Hein. Mus. Hein. IV. 1. p. 196. — *Aganus venustus*, Cab. u. Hein. Mus. Hein. IV. 1. p. 194.

2 Stück (♂ ad.). — Beide stimmen fast ganz in der Färbung überein und zeigen schwachen bläulichen Schiller am uropygium und den oberen Schwanzdecken. Bei dem einen ♂ (welches etwas jünger als das andere zu sein scheint und ein wenig kleinere Dimensionen aufweist) hat das Weiss an den Spitzen der äusseren Schwanzfedern geringere Ausdehnung, und an dem 2. äusseren Schwanzfederpaar ist die schmale weisse Linie, welche sich noch eine Strecke am Aussenrande nach der Schwanzwurzel hin erstreckt,

durch einzelne schwarze Querflecken durchbrochen (bei dem andern Exemplare ist dieselbe rein weiss).

2 ♂: Long. tot.   al.   caud.   rostr.   tars.
         Cm.   Mm.   Mm.   Mm.   Mm.
      29½—30½   157—161   170—176   22—23   14

[Bogota (Sclat.). — Rio Napo in Ost-Ecuador (Verreaux). — Côte ferme und Porto Cabello (Mus. Hein.). — Trinidad (Finsch). — Cayenne und Guiana (Mus. Brem.). — Surinam (Mus. Hein.). — Ost-Peru (Bartlett). — Brasilien: bolivisch-bras., columbisch-bras., guianisch-bras. und südliche Fauna (Natt.); Rio Capim (Wallace); Bahia (Wied); Minas (Wied); Prov. Sao Paulo (Natt.); Sta. Catharina (Less.); Blumenau (Schlüter).]

NB. Im nördlichen Neu-Granada: Thal des Magdalena (Wyatt) und in Panama wird *T. viridis* durch den nahestehenden *T. chionurus* Sclat. u Salv. (*eximius* Lawr.) vertreten, dessen Männchen fast ganz weissgefärbte äussere Schwanzfedern besitzen soll!

55. *Trogon surucua* (Vieill.). — Azara nr. 270.

Burm. S. U. II. p. 274. — (?) *Trogon curucui* Less. (nec Gmel.) Voy. Cocq. Zool. (1826) p. 617 (cit. *Surucua*, Azara). — *Trogon surucura* Vieill. — Gould Mon. *Trog.* pl. 15. — Pelz. Sitzungsber. Wien. Ac. XX. p. 505. — Pelz. Orn. Bras. pp. 19, 403. — Reinh. Bidr. in V. M. 1870 p. 119 sp. 185. — *Hapalophorus surucua*, Cab. u. Hein. Mus. Hein. IV. 1. p. 199.

2 Stück, im Kleide des Weibchens. — Das eine Exemplar hat den Mittelbauch, Steiss und untere Schwanzdeckfedern schön purpurroth gefärbt; das andere, welches jünger zu sein scheint, ist an diesen Theilen viel heller, mehr rosenroth, und diese Farbe hat eine weit geringere Ausdehnung.

2 ♀: Long. tot.   al.   caud.   rostr.   tars.
         Cm.   Mm.   Mm.   Mm.   Mm.
      27—27½   136—139   155   15—17   13½

[Südost-Brasilien: Minas Geraes, Lapa de Bahu 1 ♂ (Lund); Sao Paulo: Mattodentro und Ypanema, häufig (Natt.), Batataes (Lund); Sta. Catharina (Less.?): Blumenau (Schlüter); Rio Grande do Sul (Mus. Hein.). — Paraguay (Azara). — Patagonia!? (Bonap. Consp.).]

56. *Nyctibius jamaicensis* (Gmel.). — Azara nr. 308.

Gosse B. Jam. p. 41. — Cass. Pr. Ac. Philad. V. (1851)

p. 185. — Sclat. P. Z. S. 1866 p. 129. — *Nyctibius cornutus* (Vieill.)
Burm. S. U. II. p. 376. — Euler J. f. O. 1869 p. 252. — Pelz.
Orn. Bras. pp. 10, 400.

1 Stück, mit der von Gosse und Anderen gegebenen Beschreibung gut übereinstimmend.

Long. tot.	al.	caud.	rostr.	tars.
37½ Cm.	227½ Mm.	189 Mm.	26 Mm. (circa)	10 Mm. (circa)

[Jamaica (Gosse). — Trinidad (Léot. u. Finsch). — Guatemala (Constancia). — Veragua (Salv.). — Ecuador, am
West-Abhang der Anden (Fraser). — Ost-Peru (Tschudi). —
Paraguay (Azara). — Brasilien: Para (Natt.); Neu-Freiburg (Euler); Matogrosso (Natt.); Ypanema (Natt.); Blumenau (Schlüter).] ·

57. *Phaëthornis squalidus* („Natt." Temm.).

Cab. u. Hein. Mus. Hein. III. p. 8. — Gould Introd. Troch. p.
45.*) — Burm. S. U. II. p. 325. — Euler J. f. O. 1868 p. 182. —
Pelz. Orn. Bras. pp. 27, 406. — Salv. u. Elliot Ibis 1873 pp. 2, 9.
— *Phaëthornis intermedius*, Gould (nec Less.) Mon. Troch. I. pl. 30.
— Id. Mon. Troch. VI. t. 15.

1 Stück, in jeder Beziehung Burmeister's Beschreibung ent-
sprechend.

Long. tot.	al.	caud.	rostr.	tars.
116 Mm.	49 Mm.	54 Mm.	22 Mm.	3½ Mm.

[Engenho do Cap. Gama in Matogrosso (Natt.). —
Irisanga (Natt.). — Minas Geraes: Santa Fé (Rogers). —
Rio Janeiro (Salv. u. Elliot), Neu-Freiburg (Beske), Can-
tagallo (Euler). — Paor, Mattodentro und Ypanema in
Sao Paulo (Natt.). — Blumenau in Sta. Catharina
(Schlüter).]

58. *Ramphodon naevius* (Dumont).

Cab. u. Hein. Mus. Hein. III. p. 3. — *Grypus naevius* (Dum.)
Gould Mon. Troch. III. pl. 4. — Id. Mon. Troch. I. pl. 1. — Id.
Introd. Troch. p. 35. — Burm. S. U. II. p. 320. — Pelz. Orn.
Bras. pp. 27, 406. — *Grypus ruficollis*, Spix Av. Bras. I. p. 78.

4 Stück. — Der schwarze Kehlstreifen ist bei einigen Exemplaren sehr ausgeprägt, bei anderen kaum angedeutet; die Form
des Schnabels variirt bedeutend; bei einigen ist er sehr stark und
fast gerade, bei anderen schwächer und mehr gebogen; auch in

---

*) Gould's Monographie der Kolibris war mir leider bei dieser Arbeit
nicht zugänglich. —   H. v. B.

Bezug auf hellere oder dunklere Nüance in der Färbung (besonders der Kehle) weichen die einzelnen Exemplare etwas unterein-
ander ab.

	Long. tot.	al.	caud.	rostr.	tars.
	Mm.	Mm.	Mm.	Mm.	Mm.
2 Stück:	132	66—68½	47—48	31½	4
2 Stück:	132—143	70—73½	49—54	30½—32	4

[Neu-Freiburg (Beske), Rio Janeiro (Spix u. Natter.),
Registo do Sai (Natter.). — Sao Paulo (Licht.). — Blumenau (Schlüter).]

   59. *Aphantochroa cirrhochloris* (Vieill.).

Gould Mon. *Troch.* II. pl. 54. — Id. Mon. *Troch.* VI. pl. 14.
— Id. Introd. p. 55. — Cab. u. Hein. Mus. Hein. III. p. 14. —
Pelz. Orn. Bras. pp. 28, 407. — Reinh. Bidr. in V. M. 1870 p. 102
sp. 150. — *Campylopterus campylostylus* (Licht.) Burm. S. U. II. p. 329.

   4 Stück, in der Färbung ziemlich übereinstimmend. — Ein
Exemplar meiner Sammlung, welches wahrscheinlich aus Bogota
stammt, unterscheidet sich durch Nichts von den Blumenauer Vögeln (ich sah aber auch einen authentischen Bogota-Balg, den
mir Herr Schlüter zuschickte und der ebenfalls völlig mit den erwähnten Exemplaren übereinstimmte). Ein Schlüter'sches Exemplar aus Blumenau verglich Herr Dr. Cabanis mit Lichtenstein's
Originalen des *campylostylus* im Berliner Museum und constatirte
die specifische Identität.

4 Stück Blumenau
Long. tot. 114—121 Mm., al. 67—71 Mm.,
caud. 40—43 Mm., rostr. 20½—22½ Mm.,
tars. 5—6 Mm.

[1 Stück Bogota (?)   Long. tot. 108 Mm.,   al. 69 Mm.,
  coll. mea   caud. 40 Mm., rostr. 22 Mm., tars. 5 Mm.]

[(?)Bogota (coll. Berlepsch u. Schlüter). — Von Pernambuco bis Rio (Gould): Campos von Minas Geraes (Lund
u. Reinh.); Engenho do Gama in Matogrosso (Natt.); Rio
Janeiro und Registo do Sai (Natt.); Ypanema in Sao
Paulo (Licht.); Blumenau (Schlüter).]

   60. *Thalurania glaucopis* (Gmel.).

Gould Mon. *Troch.* II. pl. 99. — Id. Mon. *Troch.* XL pl. 14.
— Id. Introd. *Troch.* p. 76. — Cab. u. Hein. Mus. Hein. III. p. 23.
— Pelz. Orn. Bras. pp. 29, 407. — Reinh. Bidr. in V. M. 1870 p.
103 sp. 153. — Hamilt. Ibis 1871 p. 307. — *Trochilus glaucopis*
Gmel. — Wied Beitr. IV. p. 85. — Euler J. f. O. 1867 pp. 189,

195. — *Glaucopis frontalis* (Lath.). — Burm. S. U. II. p. 333. —
Euler J. f. O. 1867 p. 222.

7 Stück (2 ♂♂ u. 5 ♀♀ od. juv.).

	Long. tot.	al.	caud.	rostr.	tars.
	Mm.	Mm.	Mm.	Mm.	Mm.
2 ♂	114—115	61—63	47½—49	17½—18	4
5 ♀♀ od. juv.	102—109	55—57	34—38	18—20	4

[Irisanga und Ant. Dias (Natt.). — Serra de Inua,
sehr häufig (Wied), Cabo Frio (Wied), Rio Parahyba (Wied),
Cantagallo, häufig (Euler), Rio Janeiro, gemein (Wied,
Burm., Natt.), Sapitiba, Marambaya, Registo do Sai
(Natt.). — Minas Geraes (Lund). — Sao Paulo, sehr gemein (Hamilt.), Ypanema, Jaguaraiba (Natt.). — Blumenau (Schlüter).]

61. *Lophornis chalybea* (Vieill.).

Gould Mon. *Troch.* III. pl. 124. — Pelz. Orn. Bras. pp. 32,
408. — *Colibri mystax*, Spix Av. Bras. I. p. 82. — *Lophornis fe-
stivus* (Licht.) Burm. S. U. II. p. 354. — *Ornismya Audenetii* Less.
— Burm. S. U. II. p. 355 Anm. — *Polemistria chalybea*, Cab. u.
Hein. Mus. Hein. III. p. 63. — Gould Introd. `Troch.` p. 85. — Hamilt. Ibis 1871 p. 307.

2 Stück (♂ u. ♀). — Ich konnte nur ein Weibchen untersuchen; dasselbe zeigt in der Mitte der Kehle keine erzgrünen,
wie Burmeister angiebt, sondern schmutzig schwarzbraune Fleck-
chen, stimmt aber im Uebrigen mit der Beschreibung des ♀ von
Burmeister überein.

	Long. tot.	al.	caud.	rostr.	tars.
♀	73 Mm.	40 Mm.	22½ Mm.	12½ Mm.	3 Mm.

[Peru (Mus. Hein.). — Sao Paulo (Spix, Licht., Hamilt.),
Ypanema, häufig (Natt.). — Blumenau (Schlüter).]

62. *Clytolaema rubinea* (Gmel.).

Gould Mon. *Troch.* IV. pl. 249. — Id. Mon. *Troch.* VI. pl. 2.
— Id. Introd. *Troch.* p. 134. — Cab. u. Hein. Mus. Hein. III. p.
30. — Pelz. Örn. Bras. pp. 31, 408. — Reinh. Bidr. in V. M.
1870 p. 107 sp. 160. — Hamilt. Ibis 1871 p. 307. — *Calothorax
rubinea*, Burm. S. U. II. p. 340.

1 Stück (♀).

	Long. tot.	al.	caud.	rostr.	tars.
♀	118 Mm.	66 Mm.	41 Mm.	19 Mm.	5 Mm.

[Guiana (Schomb.). — Cayenne (Vieill.). — Südost-

Brasilien: Campos von Minas Geraes, selten: Sete Lagoas (Lund u. Reinh.); Rio Janeiro (Lund), Neu-Freiburg,
häufig (Burm.); Sao Paulo (Hamilt.), Monjolinha und Ypanema (Natt.); Blumenau (Schlüter).]

63. Agyrtria albicollis (Vieill.).

Cab. u. Hein. Mus. Hein. III. p. 32. — Pelz. Orn. Bras. pp.
29, 407. — Reinh. Bidr. in V. M. 1870 p. 112 sp. 167. — *Colibri
albogularis*, Spix Av. Bras. I. p. 81. — *Leucochloris albicollis* Reichb.
— Gould Mon. *Troch.* X. pl. 14. — Id. Mon. *Troch.* V. pl. 291.
— Id. Indrod. *Troch.* p. 151. — *Thaumatias albicollis* Bonap. —
Burm. S. U. II. p. 342. — *Thaumantias albicollis* Bonap. — Burm.
La Plata-Reise sp. 43.

Ueber 100 Stück. — 10 Exemplare habe ich untersucht: Die
Nüance der grünen Färbung bei den einzelnen Exemplaren ist verschieden, die einen sind mehr goldgrün, die anderen mehr dunkel-
grün gefärbt; sonst stimmen alle gut überein.

10 Stück.

Long. tot.	al.	caud.	rostr.	tars.
Mm.	Mm.	Mm.	Mm.	Mm.
108½—113½	59½—62	32½—35	21—22½	4—4½

[Minas Geraes, in den Campos (Spix), von Lund und
Reinh. dort nicht gefunden. — Rio Janeiro, sehr gemein (Burm.,
Lund u. Reinh.). — Sao Paulo (Licht.): Taipa, Ypanema,
Curytiba (Natt.). — Blumenau in Sta. Catharina (Schlü-
ter). — La Plata-Staaten: bei Tucuman (Burm.).]

64. Agyrtria brevirostris (Less.).

Cab. u. Hein. Mus. Hein. III. p. 34. — Pelz. Orn. Bras. pp.
29, 407. — *Thaumatias brevirostris*, Gould Mon. *Troch.* V. pl. 298.
Id. Introd. *Troch.* p. 152. — Burm. S. U. II. p. 343.

Ueber 100 Stück; ich untersuchte 8 Exemplare. Auch bei
dieser Species variirt die grüne Färbung sehr in der Nüance;
einige Exemplare zeigen einen fast kupferröthlichen Schiller, besonders auf dem Oberkopf.

8 Stück.

Long. tot.	al.	caud.	rostr.	tars.
Mm.	Mm.	Mm.	Mm.	Mm.
90½—96	49½—53½	28—32½	16—17¼	3½

[Guiana!? (Bonap. Consp.). — Neu-Freiburg, häufig
(Burm.). — Pirahy, Ypanema und Curytiba in Sao Paulo
(Natt.). — Blumenau (Schlüter).]

65. *Ramphastus Ariel* Vig.

Gould Mon. *Ramph.* ed. I. pl. 10 und ed. II. pl. 12. — Cass. Proc. Ac. N. Sc. Philad. 1867 p. 106. — Pelz. Orn. Bras. pp. 234, 440. — *Ramphastos temminckii*, Wagl. Syst. av. gen. *Ramph.* sp. 10. — Wied Beitr. IV. p. 272. — Burm. S. U. II. p. 205. — Sturm Gould's Monogr. *Ramph.* Heft III. t. 4.

2 Stück (ad.).

	Long. tot.	al.	caud.	rostr.	tars.
	Cm.	Mm.	Mm.	Mm.	Mm.
2 Stück Blumenau	56½—57	214—218	178—185	144—149	46—48
[1 St. Bras. coll. mea	44	195	166	114	45]

Alle drei Exemplare gleichgefärbt.

[Unterer Amazonas: Cuipiranga und Cajutuba (Natter.), Para (Natt. u. Wallace). — Bahia (Cass.; Mus. Brit.). — Rio Janeiro (Burm.), Neu-Freiburg und Orgelgebirge (Burm.), Registo do Sai (Natt.). — Sao Paulo (Cass.): as Araras und Mattodentro (Natt.). — Sta. Catharina (Cass.): Blumenau (Schlüter).]

66. *Ramphastus dicolorus* Linn. — Azara nr. 51.

Wagl. Syst. Av. gen. *Ramph.* sp. 14. — Gould Mon. *Ramph.* ed. I. pl. 11, ed. II. pl. 14. — Burm. S. U. II. p. 204. — Sturm Gould's Mon. *Ramph.* Heft III. t. 5. — Cass. Proc. Ac. N. Sc. Philad. 1867 p. 107. — Pelz. Orn. Bras. pp. 235, 440. — Reinh. Bidr. in V. M. 1870 p. 93 sp. 138. — Hamilt. Ibis 1871 p. 308. — *Ramphastos tucai* Licht. — Wagl. Syst. av. gen. *Ramph.* sp. 13.

8 Stück, alle fast völlig in der Färbung übereinstimmend.

Long. tot.	al.	caud.	rostr.	tars.
Cm.	Mm.	Mm.	Mm.	Mm.
48—55	192—203	165—178	100—129	42—47

[Guiana (Schomb.). — Cayenne (Mus. Paris — test. Wagler). — Brasilien: Bahia (Gould); Antonio Dias (Natt.); Minas Geraes (Burm. u. Reinh.); Rio Janeiro (Spix und Gould), Morro Queimado (Lund); Sao Paulo, gemein (Hamilt.), Pirahy, Mattodentro, Unaiva, Ypanema, Murungaba, Ytararé (Natt.); Sta. Catharina (Cass.): Blumenau (Schlüter). — Paraguay (Azara u. Cass.).]

67. *Pteroglossus Wiedii* Sturm.

Sturm Gould's Monogr. *Ramph.* Heft IV. — Gould. Monogr.

Rumph. ed. II. pl. 16. — Cass. Proc. Ac. N. Sc. Philad. 1867 p.
108. — Pelz. Orn. Bras. pp. 235, 441. — Reinh. Bidr. in V. M. 1870
p. 94 sp. 139. — Finsch P. Z. S. 1870 p. 584 sub *P. Araçari.* —
Hamilt. Ibis 1871 p. 308. — *Pteroglossus Araçari*, Wied (nec aut.)
Beitr. IV. p. 283 excl. syn. — (?) Burm. S. U. II. p. 207 excl. syn.
— Euler J. f. O. 1867 pp. 190, 195. *(?) Pteroglossus formosus*, Cab.
Journ. f. Ornith. 1862 p. 332. — Cass. Proc. Ac. N. Sc. Philad.
1867 p. 108. — Finsch P. Z. S. 1870 p. 584 sub *P. Araçari.*

1 Stück. Möchte wegen der geringen Lebhaftigkeit in der
Färbung wohl als Weibchen zu betrachten sein; das rothe Brust-
band ist gelb gemischt.

	Long. tot.	al.	caud.	rostr.	tars.
	Cm.	Mm.	Mm.	Mm.	Mm.
1) Blumenau	48½	154	172	114	36
[2) Brasilien, coll. mea	38½	148	147	105	36]

Die grösste Breite des schwarzen Schnabelrückens beträgt bei
beiden 8—9 Mm. An beiden Exemplaren ist die Oberbrust unter
der schwarzen Halsfärbung deutlich hellroth gemischt, jede Feder
hat hier in ihrer Mitte einen rothen Längsfleck.

[(?) V e n e z u e l a (Cabanis). — (?) D e m e r a r a (Mus. Ac.
Philad.). — B r a s i l i e n: P a r a (Gray Handl.); (?) R i o M u r i à
(Natt.); B o r b a (Natt.); B a h i a (Cass. u. Gray); I r i s a n g a (Natt.);
M i n a s G e r a e s: L a g o a S a n t a und L a g o a d o s P i t o s
(Reinh.), (?) L a g o a S a n t a und C o n g o n h a s (Burm.); R i o J a -
n e i r o (Cass.), C a m p o s d o s G o y a t a c a z e s (Lund), I l h a d o
P i e h y, S a p i t i b a, R e g i s t o d o S a i (Natt.); S a o P a u l o (Ha-
milt.), M a t t o d e n t r o, Y p a n e m a, Y t a r a r é (Natt.), C a m p i -
n a s (Lund); B l u m e n a u in S t a. C a t h a r i n a (Schlüter).]

NB. Burmeister behauptet, den echten *P. Araçari* in Minas
Geraes gefunden zu haben. Dies scheint an und für sich sehr
wenig glaubhaft, da derselbe bisher nur aus dem nördlichsten Brasilien und Guiana u. s. w. bekannt wurde. Es geht nun aber aus
dem von Burmeister in seiner Anm. 1 Gesagten hervor, dass er
Sturm's Beschreibung ganz missverstanden oder verwechselt hat,
denn er bemerkt, dass *P. Wiedi* röthlichbraune Schenkel habe u. s. w.
Ich bin daher fest überzeugt, dass seine Vögel zu *Wiedi* gehörten,
welche Species auch von Reinhardt in Minas gesammelt wurde;
Herr Prof. Reinhardt ist übrigens in Betreff der Burmeister'schen
Exemplare derselben Meinung wie ich (siehe Bidr. p. 94), während
Herr Dr. Finsch (P. Z. S. 1870 p. 584) die gegentheilige Ansicht hat.

P. formosus Cab. aus Venezuela möchte wohl, wie schon Dr.
Finsch (l. c.) bemerkt, nicht von *P. Wiedi* specifisch verschieden
sein; wenigstens passt Alles, was Dr. Cabanis über *P. formosus*
sagt, genau auf das oben verzeichnete Exemplar aus Blumenau;
letzteres hat ebenfalls dunkel rothbraune Kehle, und es erstreckt
sich diese Farbe über die Halsseiten nach der Ohrgegend hin. —
Dagegen scheint sich *P. Araçari* als gute, wenn auch dem *Wiedi*
sehr nahestehende Art zu bewähren; dieselbe möchte jedoch dem
Wiedi an Grösse eher nachstehen, als ihn darin übertreffen. (Siehe
Finsch's Maasse l. c.)

68. *Pteroglossus Bailloni* (Vieill.).

Wagl. Syst. av. gen. *Pterogl.* sp. 7. — Gould Mon. *Ramph.* ed.
I. pl. 20, ed. II. pl. 41. — Sturm Gould's Mon. *Ramph.* Heft IV.
tab. — Burm. S. U. II. p. 209. — Cass. Proc. Ac. N. Sc. Philad.
1867 p. 114. — Pelz. Orn. Bras. III. pp. 238, 441.

2 Stück (♂ u. ♀ an juv.). — Beide in der Färbung gleich.

Long. tot.	al.	caud.	rostr.	tars.
Cm.	Mm.	Mm.	Mm.	Mm.
32½—38	122—127	140—152	60—77	30—31

[Antonio Dias (Natt.). — Serra dos Orgaos, Neu-
Freiburg, Penha, Areas (Burm.). — Pahor in São Paulo
(Natt.). — Blumenau in Sta. Catharina (Schlüter).]

69. *Selenidera maculirostris* („Illig." Licht.).

Gould Mon. *Ramph.* ed. II. pl. 31. — Cass. Proc. Ac. N. Sc.
Philad. 1867 p. 115. — *Pteroglossus maculirostris* „Illig." Licht. —
Wagl. Syst. av. gen. *Pterogl.* sp. 9. — Wied Beitr. IV. p. 290. —
Gould Mon. *Ramph.* ed. I. pl. 24. — Burm. S. U. II. p. 210. —
Reinh. Bidr. in V. M. 1870. p. 95 sp. 141. — Pelz. Orn. Bras. pp.
238, 441.

7 Stück (darunter 4 männliche und 3 weibliche oder junge
Vögel). — Die schwarzen Querflecken an den Seiten des Oberschnabels sind ausserordentlich der Variation unterworfen und selten auf beiden Seiten symmetrisch angeordnet.

	Long. tot.	al.	caud.	rostr.	tars.
	Cm.	Mm.	Mm.	Mm.	Mm.
4 ♂♂	32½—34	132—135	110—118	57—62	28—30
4 ♀♀ an juv.	30½—32½	125—130	100—109	48—51	29

[Bahia (Cass.). — Rio Pardo und Rio Belmonte (Wied),
Rio Chipoto (Burm.). — Minas Geraes: Lagoa santa und
Lagoa dos Pitos (Lund u. Reinh.). — Rio Janeiro (Cass.),

Fazenda Rozario bei Morro Queimado (Lund), Registo do Sai (Natt.). — Sta. Catharina (Cass.): Blumenau (Schlüter).]

70. *Campephilus robustus* („Freireiss" Licht.). — Azara nr. 250.

Burm. S. U. II. p. 217. — Reichb. Handb. p. 395 sp. 914. — Pelz. Orn. Bras. pp. 243, 443. — Reinh. Bidr. in V. M. 1870 p. 86 sp. 124. — Hamilt. Ibis 1871 p. 308. — *Picus robustus*, Spix Av. Bras. I. p. 88. — Wied Beitr. IV. p. 385. — Wagl. Syst. av. gen. *Picus* sp. 11. — Sundevall Consp. av. *Pic.* p. 6. — *Megapicus robustus*, Malh. Mon. *Pic.* I. p. 23. tab. III. fig. 4—6. — *Phloeoceastes robustus*, Cab. J. f. O. 1862 p. 176. — Cab. u. Hein. Mus. Hein. IV. 2. p. 95.

4 Stück (3 ♂ u. 1 ♀). — Bei den drei Männchen sind auf dem Unterrücken mehr oder weniger deutliche schwarze Querwellen bemerkbar, welche bei dem Weibchen fehlen.

	Long. tot.	al.	caud.	rostr.	tars.
	Cm.	Mm.	Mm.	Mm.	Mm.
3 ♂	37¹/₂	192—195	128—130	48—52¹/₂	36—36¹/₂
1 ♀	37¹/₄	193	128	52¹/₂	37

[Bahia (Licht.). — Minas Geraes: Lagoa Santa, ♂ (Reinh.). — Rio Janeiro (Spix), Registo do Sai (Natt.). — Sao Paulo (Hamilt.), Ypanema und Cimeterio (Natt.). — Sta. Catharina (Burm.), Blumenau (Schlüter). — Paraguay (Azara).]

71. *Celeus flavescens* (Gmel.). — Azara nr. 251.

Burm. S. U. II. p. 231. — Pelz. Orn. Bras. pp. 250, 444. — Reinh. Bidr. in V. M. 1870 p. 88 sp. 127. — *Picus flavescens* Gmel. — Spix Av. Bras. I. p. 58. — Wagl. Syst. av. gen. *Picus* sp. 79. — Wied Beitr. IV. p. 396. — Sundev. Consp. av. *Pic.* p. 84 sp. 232.— *Celeopicus flavescens*, Malh. Mon. *Pic.* II. p. 21 pl. 53 fig. 1—3.

14 Stück, darunter 9 Männchen und 5 Weibchen. — Drei ♂♂ zeigen an den Federn der Vorderstirn, an den Zügeln und an den Federn über dem Auge blutrothe Spitzen.

	Long. tot.	al.	caud.	rostr.	tars.
	Cm.	Mm.	Mm.	Mm.	Mm.
9 ♂♂	27¹/₂—30	153—159	90—100	30¹/₂—33¹/₂	26—27
5 ♀♀ (ohne rothen Bart-streif)	27—29	152—156	92—101	29¹/₄—33	26—26¹/₂

[Rio Mucuri (Wied). — In den Campos von Minas Geraes gemein (Reinh.). — Rio Janeiro (Spix), Sapitiba und Registo do Sai (Natt.). — Ypanema in Sao Paulo (Natt.). — Blumenau in Sta. Catharina (Schlüter). — Paraguay (Azara).]

72. *Campias spilogaster* (Wagler).

Cab. u. Hein. Mus. Hein. IV. 2. p. 156. — Pelz. Orn. Bras. pp. 247, 443. — *Picus spilogaster*, Wagl. Syst. av. gen. *Pic.* sp. 59. — Sundev. Consp. Av. *Pic.* p. 41 sp. 121. — *Mesopicus spilogaster*, Malh. Mon. *Pic.* II. p. 62. — *Mesopicus adspersus*, Malh. Mon. *Pic.* II. p. 64 t. 60 fig. 7—9.

2 Stück (1 ♂ u. 1 ♀ an jun.). — Beide haben den Oberkopf schwarzbraun gefärbt; doch sind alle Federn desselben bei dem ♂ mit gelblich blutrothen, bei dem ♀ mit weisslichen Spitzen versehen. Uebrigens stimmen die Exemplare mit den von Wagler, Sundevall und Anderen gegebenen Beschreibungen überein.

	Long. tot.	al.	caud.	rostr.	tars.
♂	162 Mm.	95 Mm.	60 Mm.	21¹/₂ Mm.	16 Mm.
♀ an jun.	162 „	95 „	58 „	20 „	16 „

[Ypanema und Curytiba in Sao Paulo (Natter.). — Blumenau in Sta. Catharina (Schlüter). — Montevideo (Sello in Mus. Berol.).]

73. *Strix perlata* Licht. — Azara nr. 46.

Wied Beitr. III. p. 263. — Burm. S. U. II. p. 137. — Burm. La Plata-Reise sp. 18. — Pelz. Orn. Bras. pp. 10, 400. — Euler J. f. O. 1869 p. 247. — Reinh. Bidr. in V. M. 1870 p. 74 sp. 100. — *Strix pratincola* Bonap. — Baird B. N. Am. p. 47. — *Strix flammea americana*, Schlegel Mus. d. Pays-Bas, *Striges* p. 4.

2 Stück (ein sehr helles und ein dunkel gefärbtes Exemplar).

Long. tot.	al.	caud.	rostr.	tars.
34,5—35,4 Cm.	31—31,7 Mm.	130—136 Mm.	25 Mm.	66—67 Mm.

[Gemässigtes Nord-Amerika, wohl nicht nördlicher als Pennsylvanien, und erst in Süd-Carolina häufig werdend (sehr gemein in Texas, Neu-Mexico und Californien). — Jamaica (Gosse) — auf den übrigen Antillen fehlend (auf Cuba kommt die von mir für verschieden gehaltene *Str. furcata* Temm. vor) — dann über Mexico, Central-Amerika und ganz Süd-Amerika (östlich und westlich der Anden) verbreitet, südlich bis Chile (Gilliss.) und bis zum Rio Negro

an der Grenze Patagoniens (D'Orb.). — (?)Galapagoes
(*punctatissima* Gray).]

NB. Die gründlichsten Untersuchungen in Betreff der Schleier-
eulen scheint Herr Prof. Schlegel gemacht zu haben. Er ist zu
dem Resultate gekommen, dass keine Unterschiede existiren, die
uns berechtigen könnten, die fast über die ganze Erde verbreitete
Str. flammea in mehrere Arten zu zerlegen; als Subspecies trennt
er übrigens einstweilen die *Str. flammea americana* von *flammea* ab,
weil diese geogr. Rasse nach seiner Meinung noch die meisten
Eigenthümlichkeiten gegenüber der *flammea* aufweist.

Ich habe durchaus keine Erfahrungen in Betreff dieser An-
gelegenheit, nur will es mir scheinen, als ob die *furcata* Temm. aus
Cuba auf das Recht, als gute Species betrachtet zu werden, einigen Anspruch ·machen könnte. Die Schleiereule aus Blumenau, die
wohl sicher mit der in Nord-Amerika vorkommenden Rasse specifisch identisch sein dürfte, führe ich einstweilen noch unter dem
Lichtenstein'schen Namen „*perlata*" auf.

74. *Syrnium pulsatrix* (Wied).

Strix pulsatrix, Wied Beitr. III. p. 268. — *Ulula torquata,*
Burm. (nec aut.) S. U. II. p. 130. — Euler J. f. O. 1869 p. 247.
— *Ulula pulsatrix* Schlegel, Mus. d. Pays-Bas *Striges* p. 17. —
Athene torquata, Reinh. Bidr. in V. M. 1870 p. 77 sp. 107 (ex
Burm.).

1 Stück. — Dies Exemplar stimmt völlig mit der Beschreibung des Prinzen Wied überein, nur finde ich an den langen rost-
gelben Federn des Bauches keine schwärzlichen Querlinien und
möchte die Färbung der dunklen Parthien im Gefieder, welche der
Prinz als röthlich-graubraun bezeichnet, eher hell röthlich kaffee-
braun nennen (einen grauen Ton kann ich nicht entdecken). Mein
Vogel hat einen breiten röthlich weissen Streifen über dem Auge,
dessen der Prinz nicht ausdrücklich Erwähnung thut. Im Farbenton des Kopfes und des Rückens ist durchaus ·kein Unterschied
bemerkbar.

Long. tot.	al.	caud.	rostr.	tars.
48,2 Cm.	35,7 Cm.	21 Cm.	31 Mm.	60 Mm.

Ob *pulsatrix* und *torquatum* wirklich verschiedene Species sind
oder nicht, konnte ich nicht constatiren; letztere scheint sich von
ersterer nur durch etwas kleinere Dimensionen und mehr schwärzlichen Oberkopf sowie überhaupt durch dunklern Farbenton zu unterscheiden, und möchte im Ganzen eine mehr nördliche Verbreitung

haben; doch scheint, soviel ich aus Azara's und D'Orbigny's Beschreibung ersehen kann, auch in Bolivia und Paraguay die echte *S. torquatum* vorzukommen.

S. torquatum scheint übrigens nach Azara's Bemerkungen zu urtheilen mit dem Alter sehr ihre Färbung zu verändern.

[Die für *S. pulsatrix* bekannt gewordenen Fundörter sind: Mucuri und Belmonte (Wied) — Lagoa Santa in Minas (Burm.) — Blumenau in Sta. Catharina (Schlüter).]

75. *Rostrhamus sociabilis* (Vieill.). — Azara nr. 16.

Baird B. N. Am. p. 38. — Sclat. u. Salv. P. Z. S. 1869 p. 160. — (?) *Cymindis leucopygus*, Spix Av. Bras. I. p. 7. — *Falco hamatus*, Wied Beitr. III. p. 182. — *Rostramus hamatus* (Illig.), Burm. S. U. II. p. 46. — Burm. La Plata-Reise sp. 8. — Pelz. Orn. Bras. pp. 6, 398. — Reinh. Bidr. in V. M. 1870 p. 66 sp. 83. — *Ibicter sociabilis*, Schleg. Mus. d. Pays-Bas *Polybori* p. 7. — (?) *Ibicter leucopygus*, Schleg. Mus. d. Pays-Bas *Polybori* p. 8. — (?) *Rostrhamus taeniurus* Cab.

1 Stück, im Kleide des alten Vogels, doch haben einige der oberen Flügeldeckfedern blass roströthliche Spitzen, und verschiedene Federn an der Oberbrust sind breit roströthlich gerandet; einen solchen Vogel beschreibt Burmeister.

Long. tot.	al.	caud.	rostr.	tars.
44¹/₄ Cm.	33 Cm.	173 Mm.	27 Mm.	46 Mm.

Da ♂ und ♀ in der Grösse ziemlich differiren und auch die Färbungsverhältnisse dieser Art nach Alter und Geschlecht Unterschiede aufweisen, so möchten wohl *leucopygus* (Spix) und *taeniurus* Cab. nicht haltbar sein. Die für *leucopygus* von Schlegel angegebenen specifischen Merkmale scheinen mir ganz werthlos zu sein, mein Exemplar zeigt ebenso grosse Maasse; wahrscheinlich ist *leucopygus* auf recht alte ♀♀ gegründet.

[Florida, brütend (Harris, Heermann). — Cuba, häufiger Standvogel (Gundl.). — Guatemala: Peten (Leyland). — Costa Rica (v. Frantz). — Guiana (Schomb.). — Surinam (Mus. d. P.-B.). — Ecuador: Babahoyo (Fraser), Rio Napo (Verreaux). — Bolivia, nur auf dem Zuge (D'Orb.) — aus fast ganz Brasilien erwähnt. — Paraguay (Azara). — La Plata-Staaten: Buenos Ayres und Corrientes (D'Orb.), Conchitas (Hudson), Parana (Burm.).]

76. *Nauclerus furcatus* (Linn.). — Azara nr. 38.

Baird B. N. Am. p. 36. — Pelz. Orn. Bras. pp. 6, 398. —

Burm. S. U. II. p. 110. — Reinh. Bidr. in V. M. 1870 p. 65 sp. 81.
— *Falco Yetapa* (VieilL) Wied Beitr. III. p. 141. — *Elanoides furcatus* (L.) Schleg. Mus. d. P.-B. *Milvi* p. 5.

2 Stück (ad.).

Long. tot.	al.	caud.	rostr.	tars.
55,7—58 Cm.	40,4—41,4 Cm.	32 Cm.	31—31½ Mm.	31 Mm.

[Brutvogel in den südlichen Vereinigten Staaten östlich der Rocky Mountains, nördlich geht er bis Wisconsin und
zuweilen noch bis Pennsylvanien: Philadelphia (Krider)
— hat sich zweimal nach England verirrt. — In Cuba (Gundl.)
und Jamaica (Gosse) nur ausnahmsweise bemerkt — dann durch
Central-Amerika und über ganz Süd-Amerika (nur östlich der Anden?) verbreitet, südlich bis Paraguay (Azara) und
Sta. Catharina: Blumenau (Schlüter) vorkommend, und vielleicht noch bei Buenos Ayres (Vieill.). — Nur aus Ecuador ist
er, soviel ich weiss, noch nicht erwähnt worden.]

77. *Tinnunculus sparverius* (Linn.). — Azara nr. 41.

Cab. J. f. O. 1854 Erinnerungsheft p. LXXXIV. ff. — Pelz.
Verh. bot. zool. Verein 1863 p. 627 ff. — Pelz. Orn. Bras. pp. 5,
397. — Cab. J. f. O. 1869 p. 208. — Reinh. Bidr. in V. M. 1870
p. 71 sp. 94. — *Falco sparverius* Linn. — Wied Beitr. III. p. 116.
— Burm. S. U. II. p. 93. — Burm. La Plata-Reise sp. 12. —
Baird B. N. Am. p. 13. — Schlegel Mus. d. P.-B. *Falcones* p. 30.
— Euler J. f. O. 1867 pp. 189, 191, 198.

1 Stück (♀), mit grossem hell rostrothem Fleck am aschgrauen
Hinterkopfe.

Long. tot.	al.	caud.	rostr.	tars.
30 Cm.	20,7 Cm.	136 Mm.	14½ Mm.	35 Mm.

Da mir nur ein sehr bescheidenes Material an Bälgen zur Verfügung steht, so wage ich durchaus nicht, hier ein Urtheil darüber
abzugeben, ob man mit mehr Recht den *T. sparverius* in mehrere
Subspecies zerlegt, oder besser alle Thurmfalken Amerika's unter
einem Namen vereinigt.

[Ganz Amerika vom 50. Grade n. Br. (Richards.) bis zur
äussersten Südspitze: Magellaenstrasse (Kirk und Cunningham).]

78. *Accipiter pileatus* (Wied). — Azara nr. 26.

Sclat. P. Z. S. 1866 p. 304 part. — Pelz. Orn. Bras. pp. 8,
399. — Sclat. u. Salv. Exot. Ornith. p. 37 sub *A. chilensis*, p. 137
sub *A. bicolor* und p. 170. — *Falco pileatus*, Wied Beitr. III. p. 107.

— *Nisus pileatus*, Burm. S. U. II. p. 73. — Schlegel Mus. d. P.-B. *Astures* p. 35 part. — *Nisus pileatus* und *Nisus poliogaster*, D'Orb. Voy. pp. 90, 89.

3 Stück (2 junge Weibchen und ein junges Männchen). — Alle drei Exemplare befinden sich in dem Jugendkleide, welches von Burmeister, Schlegel und Anderen gut beschrieben wurde. Die Grössendifferenz zwischen ♂ und ♀ ist so frappant, dass man im ersten Augenblicke daran zweifeln möchte, dass beide ein und derselben Art angehören; die Weibchen haben ganz bedeutend stärkern Schnabel und viel kräftigere Beine als das Männchen. In der Färbung stimmen alle drei Exemplare fast ganz überein. Die Oberbrust ist mit breiten (besonders breit bei dem ♂) schwarzen Schaftflecken gezeichnet, Brust- und Bauchseiten sind mit sehr breiten, fleckenartigen schwarzen Querbinden versehen; Mitte der Unterbrust und des Bauches sowie Steiss und untere Schwanzdecken ganz ohne schwarze Zeichnung. — Bei dem ♂ ist die Befiederung der Tibien ziemlich lebhaft rostroth angeflogen, bei dem einen ♀ nur sehr hell rostroth überlaufen und bei dem andern ♀ lehmgelb, kaum dunkler als der Bauch gefärbt; übrigens sind bei allen drei Exemplaren die Tibien mit verwaschen schwarzbraunen Querflecken gezeichnet. Die Oberseite ist bei allen Exemplaren schwarzbraun, der Oberkopf etwas dunkler gefärbt; alle Federn der Oberseite haben roströthliche Ränder.

	Long. tot.	al.	caud.	rostr.	tars.
	Cm.	Cm.	Mm.	Mm.	Mm.
2 ♀♀ ..	44,4—46,5	24,1—24,6	197—207	27—28	63—64
1 ♂ ..	34	20	163	22	53

[Brasilien: (?)Barra do Rio negro (Natt.)*); Jaurú in Matogrosso (Natt.); Rio Paraná in Goyaz (Natt.); Rio Belmonte (Wied); Neu-Freiburg (Burm.); Murungaba in Sao Paulo (Natt.); Blumenau (Schlüter). — Montevideo (Mus. Berol.). — Bolivia (D'Orb.). — Paraguay (Azara).]

NB. Ob *A. poliogaster* Natt. ad. (der junge Vogel gehört entschieden zu *pileatus*) wirklich von *A. pileatus* verschieden ist, wie Schlegel annimmt, muss eine abermalige Vergleichung des im Leydener Museum befindlichen Originals lehren; D'Orbigny's *poliogaster* (sowie dessen *pileatus*) scheint jedoch sicher zu unserer Species zu gehören. Tschudi's *pileatus* gehört zu *A. bicolor* (Vieill.), wie aus der in der Fauna Peruana gegebenen Beschreibung klar hervor-

*) Vielleicht zu *A. bicolor* (Viell.) gehörig. —   H. v. B.

geht. — *A. bicolor* (Vieill.) und *A. chilensis* Philippi u. Landb. sind
gewiss gute Arten, der erstere vertritt den *pileatus* im nördlicheren
Süd-Amerika, der letztere in Chili und Patagonien bis zur Magellaenstrasse; beide Species wurden in Sclater und Salvin's Exotic
Ornithology trefflich begründet.

79. *Accipiter erythrocnemis* Gray. — Azara nr. 27.

Esparverillo, Azara Apunt. I. p. 121 sp. 27. — *Falco nisus*,
Wied (nec aut.) ¡Beitr. III. (1830) p. 111. — *Accipiter nisus* Hartl.
(nec aut.) Ind. Azara (1847) p. 2. — *Nisus striatus*, D'Orb. (nec
aut.) Voy. Am. mérid. Ois. (1847) p. 88?*) — Burm. Syst. Ueb.
Thier. Bras. II. (1856) p. 71. — *Accipiter erythrocnemis*, Gray List
Accipitres (1848) p. 70 non descr. — Bonap. Consp. I. (1849) p.
32 gen. 101 sp. 3. — Sclat. P. Z. S. 1866 p. 303 sp. 2 part. —
Sclat. u. Salv. Exot. Ornith. (1867) p. 33 descr. ♂, ♀, juv. Pl.
XVII. (ad. u. juv.) und p. 27 sub *A. chionogaster*. — Gray Handl.
birds I. (1869) p. 32 sp. 305 (Brazil u. Bolivia). — Reinh. Bidr.
til Kundsk. in Vid. Medd. 1870 p. 68 sp. 88 (Minas u. Sao Paulo).
— Pelz. Orn. Bras. IV. (1870) p. 399. — *Nisus fringillarius* subsp.
erythrocnemius, Kaup. Arch. f. Nat. (1850) XVI. 1. p. 34 descr. —
Nisus (vel *Accipiter*) *erythronemius*, Kaup. Contr. Orn. 1850 p. 64
descr. (Bolivia). — (?) *Nisus ferrugineus*, Licht. Mus. Berol. —
(?) *Falco nisoides* Cuv.

1 Stück, junger Vogel und, nach der Grösse zu urtheilen, wohl
ein ♀.

Dieses Exemplar stimmt · gut mit Burmeister's Beschreibung
eines jungen Vogels aus Neu-Freiburg überein.

Long. tot. 31¹/₂ Cm.; al. 198 Mm.; caud. 155 Mm.; tars. 44 Mm.

[Brasilien: Camamú südlich von Bahia (Freyreiss);
Minas Geraes: Lagoa Santa (Burm. u. Reinh.); Neu-
Freiburg, häufig (Burm.); Prov. Sao Paulo (Lund); Blu-
menau (Schlüter). — Bolivia (Mus. Brit.), ?Yuracarès
(D'Orb.). — Paraguay (Azara).] ·

NB. *A. erythrocnemis* wird in Guatemala durch den verwandten *A. chionogaster* Kaup und in Neu-Granada durch *A. ven-*

---

*) Ob D'Orbigny's Vogel hierher gehört, lässt sich nach · seiner Be-
schreibung nicht feststellen. D'Orbigny's Notizen über den von ihm gesammelten Vogel sind sehr kurz und die Diagnose ist Vieillot entnommen
(Vieillot's „*striatus*" hat aber bekanntlich mit *erythrocnemis* nichts zu
thun); es könnte daher D'Orbigny's Vogel auch mit *A. tinus* (Lath.) identisch
sein!   H. v. B.

tralis Sclat. vertreten; über diese Arten lese man in Sclater und Salvin's Exotic Ornithology nach, wo dieselben ausführlich abgehandelt sind.

80. *Micrastur ruficollis* (Vieill.).

Sclat. u. Salv. P. Z. S. 1869 p. 366. — *Climacocercus ruficollis*, Burm. S. U. II. p. 85. — Cab. J. f. O. 1865 p. 407. — *Nisus xanthothorax* (Temm.), Schlegel Mus. d. P.-B. *Astures* p. 50 part. (zum Theil zu *zonothorax*). — *Micrastur xanthothorax* (Temm.). — Pelz. Orn. Bras. pp. 7, 399. — Reinh. Bidr. in V. M. 1870 p. 68 sp. 87. — *Falco leucauchen*, Temm. Pl. Col. 306 — av. jun.!

2 Stück (1 ad. u. 1 juv.). — Der alte Vogel hat den unteren Theil der Kehle und den Unterhals bis zur Oberbrust hell rostroth gefärbt; die Federn des Rückens sind röthlichbraun und haben breite schmutzig aschgraue Ränder, welche auf dem Flügel fast ganz verschwinden, dagegen auf Kopf und Oberhals fast die ganze Feder einnehmen, weshalb diese Parthien ziemlich rein aschgrau gefärbt erscheinen. Die Schwanzfedern zeigen ausser dem weissen Endrande 5—6 schmale und verloschene weisse Binden. — Der junge Vogel entspricht ziemlich genau Temminck's Tafel 306 *(Falco leucauchen)*. An der Oberseite ist er dunkel chocoladenbraun gefärbt, ein Streif über dem Auge und der grössere, aber verdeckte Theil der Federn des Nackens und des Seitenhalses schneeweiss. Die Kehle ist ebenfalls rein weiss; übrige Untertheile gelblichweiss (oder hell lehmfarbig), im Unterhalse einige Federn mit roströthlichem Anflug. Die Federn des Unterhalses und der Oberbrust sind mit breiteren und nahe aneinander gerückten, die der Unterbrust und des Bauches mit etwas schmäleren und sehr weit von einander abstehenden schwarzbraunen Querbinden gezeichnet; Steiss und untere Schwanzdecken ohne solche Zeichnung. Schwanzfedern ausser dem weissen Endrande mit 5—6 ziemlich breiten reinweissen Querbinden versehen.

	Long. tot.	al.	caud.	rostr.	tars.
ad. . . .	33,7 Cm.	168 Mm.	166 Mm.	18 Mm.	57 Mm.
juv. . .	32½ „	164 „	170 „	17½ „	59 „

Herr Dr. Cabanis, welcher beide Exemplare untersuchte, schreibt mir, dass sich im Berliner Museum weder ein so alter, noch ein so junger Vogel befinde, dass aber diese beiden unbedingt zu derselben Species, *M. ruficollis*, gehören. Er glaubt, dass das viele Grau an der Oberseite des alten Vogels frische Mauserung

sei, diese grauen Kanten würden sich abreiben und dann das Rothbraun mehr zur Geltung kommen.

Ich muss entschieden der Ansicht Sclater und Salvin's, dass
leucauchen Temm. eine besondere Species sei, entgegentreten, auch
Herr Dr. Cabanis hält ihn für den jungen Vogel von *M. ruficollis;*
Temminck's Figur ist obenher dunkelbraun und zeigt also nicht
einmal das charakteristische Merkmal, welches nach Sclater und
Salvin's Meinung hauptsächlich den *leucauchen* von *ruficollis* unterscheiden soll. Ob die von diesen Herren als „*leucauchen* Temm."
aufgeführten Vögel wirklich von *ruficollis* verschieden sind, wird
die Zukunft lehren. Da besonders die graue Rückenfärbung ihrer
Exemplare die Herren Sclater und Salvin zur Aufstellung einer neuen
Species (*leucauchen*) bewog, so will ich wenigstens hier darauf hin-
weisen, dass, nach der Färbung des alten Vogels aus Blumenau zu
urtheilen, auch in irgend einem Alters- oder Geschlechtszustande
des *ruficollis* die graue Rückenfärbung vorherrschen wird! — Sind
Sclater und Salvin's Exemplare von *ruficollis* specifisch verschieden,
so müssen sie auch einen neuen Namen erhalten, denn *leucauchen*
Temm. gehört, wie gesagt, sicher zu *ruficollis.*

[(?) G u y a n a und C a y e n n e*) (Mus. d. Pays-Bas). — B r a-
s i l i e n : B a h i a (Sclat. u. Salv.); G o y a z (St. Hilaire); M i n a s
G e r a e s : L a g o a s a n t a und L a p a d o B a h u (Reinh.); R i o
J a n e i r o (Wied, Sclat. u. Salv.), N e u - F r e i b u r g (Burm.);
M a t t o d e n t r o , Y p a n e m a und Y t a r a r é (Natt.); B l u m e n a u
(Schlüter).]

　　81. *Micrastur semitorquatus* (Vieill). — Azara nr. 28
　　　　　　　　　　　und 29.

Sclat. und Salv. P. Z. S. 1869 p. 365. — *Climacocercus bra-
chypterus* (Temm.), Burm. S. U. II. p. 88. — *Nisus brachypterus,*
Schlegel Mus. d. P.-B. *Astures* p. 52. — *Micrastur brachypterus*
Gray. — Pelz. Orn. Novara p. 12. — Pelz. Orn. Bras. pp. 7, 398.
— Reinh. Bidr. in V. M. 1870 p. 68 sp. 86.

1 Stück, junger Vogel in dem bekannten Kleide, welches
Burmeister, Schlegel und Andere gut beschrieben haben.

Long. tot.	al.	caud.	rostr.	tars.
51,2 Cm.	25,6 Cm.	24,7 Cm.	28 Mm.	80 Mm.

　　*) Vielleicht gehören die Exemplare im Leydener Museum aus Guyana
und Cayenne zu *M. zonothorax* Cab., welche Species Schlegel nicht von
ruficollis unterscheidet; doch wurde *zonothorax* bisher nur von P o r t o
C a b e l l o und B o g o t a bekannt. Nördlich von Panama kommt als Vertreter dieser Arten *M. guerilla* Cass. vor. —　　　　　　　H. v. B.

[Mexico (Mus. d. Pays-Bas), Yucatan (Cabot). Von hier aus erstreckt sich die Verbreitung über ganz Central-Amerika (Guatemala, Costa Rica, Veragua) nach Süd-Amerika: Cayenne (Mus. d. Pays-B.). — Surinam (Burm.). — Brasilien: Barra do Rio negro (Natt.); Forte do Rio branco (Natt.); Borba und Villa Maria (Natt.); Bahia (Spix); Minas Geraes (Reinh.); Rio Janeiro (Natt.); Blumenau (Schlüter). — Paraguay (Azara).]

82. *Spizaëtus ornatus* (Daud.). — Azara nr. 23.

Burm. S. U. II. p. 64. — Pelz. Verh. zool.-bot. Ver. (Uebers. d. Geier u. Falken) XII. (1862) p. 166. — Schleg. Mus. d. P.-B. *Astures* p. 2 part. — Pelz. Orn. Bras. pp. 4, 397. — Finsch P. Z. S. 1870 p. 555. — Reinh. Bidr. in V. M. 1870 p. 72 sp. 98. — *Falco ornatus* Daud. — Wied Beitr. III. p. 78.

1 Stück (wohl recht altes ♂). — Dasselbe stimmt mit der vom Prinzen Wied gegebenen Beschreibung des ♂ gut überein, doch sind bei ihm die Backen wie der Ober- und Seitenhals rothbraun (mit gelblich weiss) gefärbt; auf der Oberfläche der Schwanzfedern befinden sich nur 5, nicht 6, schwarzbraune Querbinden; die schwarze Zeichnung an Unterbrust und Bauch ist bei meinem Vogel bindenartig, während Wied von runden Flecken spricht. Burmeister meint, dass „viel Rothbraun im Gefieder" Zeichen von Jugend sei, dagegen spricht aber Finsch's Beschreibung eines jungen Vogels in P. Z. S. 1871 p. 555.

Long. tot.	al.	caud.	rostr.	tars.
65 Cm.	36,2 Cm.	25,8 Cm.	48 Mm.	84 Mm.

[Die geogr. Verbreitung erstreckt sich von Süd-Mexico (Oaxaca und Jalapa) über ganz Central-Amerika und Süd-Amerika: Trinidad (Léot. u. Finsch). — Venezuela (Göring). — Cayenne und Guiana (Daud. und Mus. d. P.-B.). — Ost-Peru (Bartlett). — Ganz Brasilien, südlichster Fundort: Blumenau (Schlüter). — Paraguay (Azara).]

83. *Asturina Nattereri* Sclat. u. Salv.

Sclat. u. Salv. P. Z. S. 1869 p. 132 descr. — Sclat. u. Salv. Exot. Ornith. (1869) p. 173 descr. und Pl. LXXXVII. und p. 180 nr. 4. — *Falco magnirostris*, Wied (nec aut.) Beitr. III. p. 102 excl. syn. — Spix Av. Bras. I. p. 18 part. — Euler J. f. O. 1867 pp. 189, 191, 198. — *Nisus magnirostris*, Burm. (nec aut.) S. U. II. p. 76 syn. part. — Euler J. f. O. 1867 p. 217. — *Astur magnirostris*,

Pelz. (nec aut.) Orn. Bras. pp. 6, 398 exol. syn. *gularis.* — *Astur Nattereri,* Reinh. Bidr. in V. M. 1870 p. 69 sp. 89.

6 Stück (ad. u. juv.).

Long. tot.	al.	caud.	rostr.	tars.
Cm.	Cm.	Mm.	Mm.	Mm.
36,4—41,4	24,1—25,6	160—179	29—33½	60—62

[2 Exemplare in meiner Sammlung (aus Brasilien?) zeigen viel kleinere Maasse:

	Long. tot.	al.	caud.	rostr.	tars.
	Cm.	Cm.	Mm.	Mm.	Mm.
1) ad. Brasil. (?) — coll. mea	33½	23,3	150	34	60
2) juv. Brasil. (?) — coll. mea	31½	21	147	31	60

Beide gehören übrigens nach ihren Färbungsverhältnissen sicher zu *A. Nattereri.*]

[(?) **Barra do Rio negro** (Natt.). — (?) **Para** (Spix u. Souza). — **Bahia** (Spix u. Wucherer). — **Piouhy** (Spix). — **Irisanga** (Natt.). — **Cuyaba, Caiçara** und **Engenho do Pari** (Natt.). — **Minas Geraes,** gemein (Reinh. u. Souza). — **Rio Janeiro** (Spix u. Natt.), **Cantagallo** (Euler), **Sapitiba** (Natt.). — **Mattodentro, Ypanema, Villa de Castro** (Natt.). — **Blumenau** (Schlüter). — **Südwest-Peru: Cosnipata-Thal!** (Whitely — P. Z. S. 1869 p. 598).]

NB. Im **nördlichen Brasilien** und **Ost-Peru** sowie im übrigen nördlichen Süd-Amerika scheint *Nattereri* durch *A. magnirostris* (Gmel.) ersetzt zu werden, während ihre Vertreterin in **Argentinien** und **Bolivia** *A. Pucherani* Verr. (= *gularis* Licht.) sein dürfte; um so merkwürdiger erscheint das Vorkommen der *Nattereri* in **West-Peru!** (von wo sie durch Sclat. u. Salv. P. Z. S. 1869 p. 598 erwähnt wird), wenn nicht etwa hier ein Irrthum vorliegt. Was Gray in Handl. birds p. 30 unter *magnirostris* Gm. und *insectivorus* Spix versteht (diese beiden Arten sollen nach ihm ziemlich denselben Verbreitungsbezirk haben und noch in Central-Amerika vorkommen), ist mir ganz unklar. — In Central-Amerika tritt eine andere Species, *A. ruficauda* Sclat. u. Salv., auf.

84. *Leucopternis scotoptera* (Wied).

Pelz. Verh. zool.-bot. Ver. (Uebers. d. Geier u. Falken), XII. (1862) p. 141 u. 184. — Pelz. Orn. Bras. pp. 3, 395. — Sclat. u. Salv. Exot. Orn. (1868) p. 122 sp. 3. — Salv. Ibis 1872 p. 242. — *Falco scotopterus,* Wied Beitr. III. p. 204. — *Buteo scotopterus,* Gray.

— Burm. S. U. II. p. 51. — *Asturina scoloptera*, Schleg. Mus. d. P.-B. *Asturina* p. 11.

1 Stück, jedenfalls ♂ ad., denn die ganze Unterseite ist rein weiss gefärbt und auf Kopf und Oberhals befinden sich nur ganz haarfeine schwärzliche Schaftstriche in der Mitte einiger Federn, so dass auch diese Theile ziemlich rein weiss erscheinen. Die Basalhälfte der Schwanzfedern ist auf der Oberseite schwarz, doch an den äussersten Schwanzfedern löst sich diese schwarze Binde in einzelne Querwellen auf; alle Schwanzfedern haben weisse Spitzen und vor denselben befindet sich ein etwa 20 Mm. breites schwarzes Band.

Long. tot.	al.	caud.	rostr.	tars.
48 Cm.	31,7 Cm.	176 Mm.	40 Mm.	81 Mm.

Meine Maasse stimmen mit denen Natterer's überein; Temminck, Schlegel und Wied geben bedeutend kleinere Maasse. Wied's Beschreibung scheint sich übrigens nur auf jüngere Vögel zu beziehen, während der alte Vogel von Schlegel und Burmeister sehr gut beschrieben wird.

[B o g o t a (Mus. Brit.). — G u i a n a (Mus. d. P.-B.). — B r a silien: B a h i a (Souza); R i o P e r a h y p e und R. E s p i r i t o S a n t o (Wied), R i o C a g a d o (Burm.); R e g i s t o d o S a i in Prov. R i o J a n e i r o (Natt.); B l u m e n a u (Schlüter). — (?)A r g e n t i n i e n (Schlegel).]

85. *L e u c o p t e r n i s   p a l l i a t a* („Natt.") Pelzeln.

Pelz. Sitzungsber. Wien. Ac. math.-nw. Cl. XLIV. (1861) p. 11. — Pelz. Verh. zool.-bot. Ver. (Uebers. d. Geier u. Falken), XII. (1862) p. 141 u. 184. — Pelz. Orn. Bras. pp. 3, 395. — Sclat. u. Salv. Exot. Ornith. (1868) p. 97 Pl. XLIX. u. p. 122 nr. 2. — Salv. Ibis 1872 p. 242. — *Buteo polionotus*, Gray List of *Accipitres* (1844) p. 17.

1 Stück, vorzüglich mit den Beschreibungen Natterer's, Pelzeln's und Sclater u. Salvin's übereinstimmend; die Primärschwingen haben nur schmutzig weisse Spitzen, die Secundärschwingen dagegen sehr breite rein weisse Endbinden; die letzten Schwingen haben ausserdem noch auf ihrer Oberseite weisse Wellenbinden, welche in der Mitte der Feder unterbrochen sind.

Long. tot.	al.	caud.	rostr.	tars.
55,2 Cm.	31,1 Cm.	21,3 Cm.	45 Mm.	88 Mm.

[R i o J a n e i r o (Natt). — Y p a n e m a (Natt.). — B l u m e n a u (Schlüter).]

86. *Cathartes aura* (Linn.). — Azara nr. 3.

Less. Voy. Coq. Zool. p. 614. — Burm. S. U. II. p. 30. — Burm. La Plata-Reise sp. 2. — Darw. Voy. Beagle Zool. III. p. 8. — Baird B. N. Am. p. 4. — Wied J. f. O. 1856 pp. 119, 120 u. 1858 p. 2. — Schleg. Mus. d. P.-B. *Vultures* p. 3. — Pelz. Orn. Bras. pp. 1, 391. — Reinh. Bidr. in V. M. 1870 p. 61 sp. 75.

2 Stück.

Long. tot.	al.	caud.	rostr.	tars.
Cm.	Cm.	Cm.	Mm.	Mm.
70—74	51,2—52,2	25,7—26	64—66	61—62 ·

An dem kleineren Vogel ist fast der ganze Oberhals nackt, nur mit borstenartigen Federchen besetzt; bei dem andern Exemplare dagegen ist derselbe bis fast zum Hinterkopfe hinauf befiedert; im Uebrigen stimmen beide überein. — Die nackte Haut des Kopfes und Halses scheint roth gefärbt.

[Ganz Nord-Amerika (ausser den arctischen Regionen), im Osten nicht nördlicher als New-York, im Westen und besonders im Inneren des Continentes weit nördlicher etwa bis zum 50° n. Br. sich verbreitend — Vancouver, — Bermudas (Baird) — dann im ganzen südlichen Nord-Amerika (Texas, Californien u. s. w.), Mexico und Central-Amerika vorkommend — Cuba, sehr gemeiner Standvogel (Gundl.) — Jamaica, Standvogel (Gosse) — (fehlt jedoch auf St. Domingo, Porto Rico und den kleinen Antillen) — Trinidad (Taylor). — Endlich über ganz Süd-Amerika (östlich und westlich der Anden) südlich bis zur Magellaenstrasse und Feuerland verbreitet. — Falklands-Inseln — brütend (Darw., Abbott, Lesson).]

87. *Cathartes atratus* (Bartr.). — Azara nr. 2.

Darw. Voy. Beagle Zool. III. p. 7. — Baird B. N. Am. p. 5. — Schleg. Mus. d. P.-B. *Vultures* p. 2. — *Cathartes uruba* (Vieill.). — Burm. S. U. II. p. 32. — Less. Voy. Coq. Zool. p. 614. — *Cathartes foetens* (Illig.) Wied Beitr. III. p. 58. — Burm. La Plata-Reise sp. 3. — Euler J. f. O. 1867 pp. 189, 191, 198. — Pelz. Orn. Bras. pp. 1, 391. — Reinh. Bidr. in V. M. 1870 p. 62 sp. 76. — *Cathartes atratus brasiliensis*, Schleg. Mus. d. P.-B. *Vultures* p. 3.

2 Stück.

Long. tot.	al.	caud.	rostr.	tars.
Cm.	Cm.	Cm.	Mm.	Mm.
68½—71½	42,3—42,6	17,6—18	63½—64½	72—76

Wie bei voriger Species hat das eine Exemplar den Oberhals

bis zum Hinterkopfe befiedert, das andere zeigt ihn nackt, aber dicht mit borstenartigen Federchen besetzt.

[Südliche Vereinigte Staaten (östlich und westlich der Rocky-Mountains): von Maryland (Audub.) und Nord-Carolina (nördlich) über Texas, Californicn u. s. w. verbreitet. — Ganz Mexico und Central-Amerika, sehr häufig — (fehlt in West-Indien), aber auf Jamaica (Baird?) und Haiti, St. Domingo (Gray — ?) vorgekommen. — Trinidad, häufig (Taylor). — Dann über ganz Süd-Amerika (östlich und westlich der Anden, — in West-Peru noch sehr gemein — Less., Tschud.; — dagegen wird er in Chile schon selten und ist hier nur im Innern, nicht an der Küste zu finden, Cass., Bridges, D'Orb.) südlich bis zum Rio negro (41° südl. Br.) an der Grenze Patagoniens (Darw. u. D'Orb.) verbreitet.]

(Schluss folgt.)